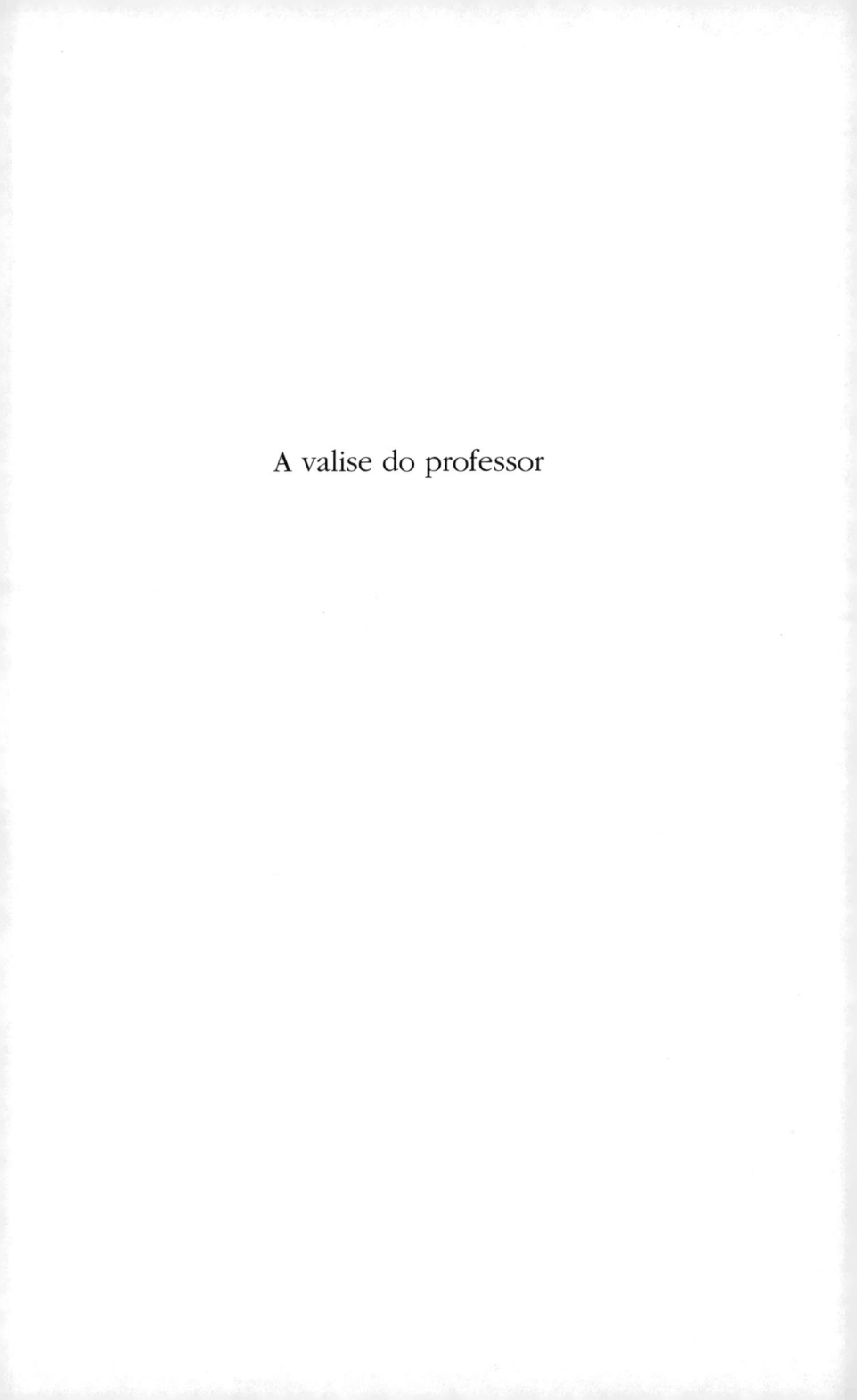

A valise do professor

Hiromi Kawakami

A valise do professor

Tradução do japonês
Jefferson José Teixeira

3ª edição

Estação Liberdade

Título original: *Sensei no Kaban* (センセイの鞄)
Copyright © Hiromi Kawakami, 2001
© Editora Estação Liberdade, 2010, para esta tradução

Preparação	Nair Kayo
Revisão	Paula Nogueira/Estação Liberdade
Composição	B.D. Miranda
Ideogramas à p. 7	Hisae Sagara, título da obra em japonês
Imagem de capa	Cena noturna em Shinjuku, Tóquio. Robert Harding/Other Images
Editores	Angel Bojadsen e Edilberto F. Verza

CIP-BRASIL – CATALOGAÇÃO NA FONTE
Sindicato Nacional dos Editores de Livros, RJ

K32v

Kawakami, Hiromi, 1958-
A valise do professor / Hiromi Kawakami ; tradução do japonês Jefferson José Teixeira. – São Paulo : Estação Liberdade, 2012

Tradução de: Sensei no kaban
ISBN 978-85-7448-183-8
1. Romance japonês. I. Teixeira, Jefferson José. II. Título.

12-2032   CDD 895.63
                 CDU 821.521-3

Todos os direitos reservados à
EDITORA ESTAÇÃO LIBERDADE LTDA.
Rua Dona Elisa, 116 | Barra Funda
01155-030 São Paulo – SP | Tel.: (11) 3660 3180
www.estacaoliberdade.com.br

センセイの鞄

Sumário

Lua e pilhas, **11**
Os pintos, **23**
Vinte e duas estrelas, **37**
Colheita de cogumelos – 1, **49**
Colheita de cogumelos – 2, **61**
Ano-novo, **75**
Reencarnações, **87**
Contemplando cerejeiras em flor – 1, **101**
Contemplando cerejeiras em flor – 2, **113**
Lucky chance, **127**
Trovoadas na estação das chuvas, **141**
Em direção à ilha – 1, **153**
Em direção à ilha – 2, **165**
Marisma (Um sonho), **179**
Os grilos, **193**
No parque, **205**
A valise do professor, **217**

Lua e pilhas

Formalmente era o professor Harutsuna Matsumoto, porém eu o chamava apenas de professor. Nem mestre, lente ou preceptor, simplesmente professor. Ele nos ensinou japonês na escola de ensino médio. Por não ser o supervisor de nossa turma, e como eu não prestava muita atenção nas aulas de japonês, nenhuma impressão me restou dele em particular. Depois de me formar, passei um longo tempo sem vê-lo.

Começamos a nos ver com mais assiduidade desde quando, há alguns anos, nos encontramos, por acaso, sentados lado a lado em um barzinho em frente à estação. O professor estava sentado junto ao balcão com as costas levemente arqueadas.

— Feijão-soja com atum, tiras de raiz de lótus cozidas e alho-porro em salmoura — pedi tão logo me sentei ao balcão.

Quase simultaneamente, o senhor de costas curvadas a meu lado pediu:

— Alho-porro em salmoura, tiras de raiz de lótus cozidas e feijão-soja com atum. — Eu o observei, imaginando o quão nossos gostos se pareciam, e ele também acabou olhando para mim. Enquanto hesitava conjecturando já ter visto seu rosto em algum lugar, ouço a voz do professor:

— Você não é Tsukiko Omachi?

Meneei a cabeça, assentindo espantada.

— Vez por outra eu a vejo neste bar — prosseguiu ele.

Ah, respondi vagamente e novamente eu o olhei. Cabelos brancos assentados com esmero, camisa social bem alinhada, um colete cinza. Sobre o balcão via-se um frasco de saquê, um prato com tiras delgadas de carne de baleia em pasta de soja avinagrada e uma tigela com restos de alga à vinagrete. Enquanto me admirava com o fato de o gosto do senhor idoso por aperitivos ser semelhante ao meu, lembrei-me vagamente de sua figura de pé sobre o estrado na sala de aulas do colégio.

Ao escrever no quadro-negro, mantinha invariavelmente o apagador na mão contrária. Escrevia a giz algo como *"Aos poucos a aurora primaveril..."*[1] e, nem cinco minutos depois, apagava tudo rapidamente. Não se separava do apagador nem mesmo quando se dirigia aos alunos durante a aula. Era como se a correia do objeto estivesse grudada à palma vigorosa de sua mão esquerda.

— Apesar de mulher, você vem sozinha a um lugar como este — afirmou o professor, enquanto calmamente levava à boca, com o par de hashi, a derradeira fatia da carne de baleia.

— Ah — respondi, colocando cerveja em meu copo.

Lembrei-me de que ele era o professor dos tempos da escola de ensino médio, mas esquecera por completo seu nome. Com perplexidade dei cabo da cerveja, admirando-me que ele pudesse se recordar tão bem do nome de uma de suas alunas.

---

1. Extraído de *Makura no Soushi*, escrito por Sei Shonagon. [N.T.]

— Na época você usava tranças.

— Sim.

— Lembro-me de tê-la visto algumas vezes por aqui.

— Ah...

— Você deve ter completado 38 anos este ano.

— Só faço 38 no próximo ano.

— Desculpe, desculpe.

— Não por isso.

— Verifiquei seu nome na lista de alunos e no álbum de fotos.

— Ah...

— Seu rosto continua o mesmo.

— O professor também não mudou nada. — Chamei-o de "professor" apenas, na tentativa de dissimular o fato de não recordar seu nome. A partir de então continuei chamando-o assim.

Nessa noite bebemos ao todo cerca de cinco frascos de saquê. Ele pagou a conta. Na vez seguinte em que nos encontramos no mesmo bar para beber, foi minha vez de pagar. A partir da terceira vez separamos a conta, e cada um pagou sua parte. Esse sistema continua desde então.

O temperamento de ambos foi provavelmente a razão de termos continuado a frequentar o estabelecimento assiduamente. Sem dúvida, não só a preferência pelos tira-gostos é semelhante, como também a forma de se relacionar com as pessoas. Apesar da diferença de idade, mais de trinta anos, sinto-me muito mais próxima dele do que de amigos da mesma faixa etária.

Visitei diversas vezes a casa do professor. Saindo do bar, algumas vezes íamos a um outro, ou então voltávamos cada qual para sua casa. Em raras ocasiões visitávamos um terceiro ou quarto estabelecimento e, depois disso, em geral terminávamos tomando a saideira na casa dele.

— Vamos para minha casa, moro bem perto daqui.

Pus-me na defensiva quando o professor sugeriu pela primeira vez visitá-lo. Ouvira sobre o falecimento da esposa. Estava meio constrangida de entrar na casa onde ele vivia só, porém, como sou do tipo impossível de se conter sob o efeito do álcool, acabei entrando.

A casa estava mais desarrumada do que eu imaginara. Pensei que não encontraria nela nem um grão de poeira, mas muitos objetos espalhavam-se desordenadamente pelos cantos sombrios dos cômodos. O quarto contíguo ao vestíbulo, com seu velho sofá e tapete, estava imerso em completo silêncio, e no cômodo seguinte, de oito tatames, havia por toda parte livros, papéis manuscritos e jornais.

Depois de instalar uma mesa baixa com pernas de desencaixar, o professor retirou uma garrafa dentre os objetos colocados a um canto do cômodo e encheu de saquê duas xícaras de chá de tamanhos diferentes.

— Sirva-se, por favor — ofereceu, entrando em seguida na cozinha. O cômodo de oito tatames dava para o jardim. Apenas uma das portas de proteção à chuva estava aberta. Pelos vidros, pude ver indistintamente os galhos das árvores. Por não estarmos na estação de floração, não saberia dizer que árvores eram. Plantas nunca foram meu forte.

— Que árvores são aquelas no jardim? — indaguei ao professor, que trazia uma bandeja com pequenos pedaços de salmão e biscoitinhos de arroz apimentados.

— São todas cerejeiras — respondeu.

— Todas?
— Sem exceção. Minha esposa adorava cerejeiras.
— Devem ficar lindas na primavera.
— Enchem-se de insetos. No outono, as folhas secas são demasiadas e, no inverno, é desolador ver restar apenas os galhos — disse o professor, sem denotar nisso nenhum desagrado.
— A lua está aparecendo.

Bem alto no céu uma meia-lua surgira. Um halo a circundava. O professor pegou um biscoito e inclinou a xícara para nela verter o saquê.

— Minha mulher não costumava fazer preparativos ou arranjos.

— Ah...

— Quando gostava de algo, realmente gostava. Quando odiava algo, realmente odiava.

— Ah...

— Esses biscoitinhos de arroz são de Niigata. São ótimos, bem picantes.

Eram apimentados, realmente perfeitos como acompanhamento de bebida alcoólica. Durante algum tempo permaneci calada, petiscando. Algo se agitava na copa de uma árvore do jardim. Seria um pássaro? Ouvi seu guincho agudo, um ruído de galhos e folhas balançando por um tempo, após o que tudo voltou a silenciar.

— Haveria um ninho? — perguntei, sem obter resposta.

Virei a cabeça e vi o professor de olhos colados em um jornal. Não era o jornal do dia, mas provavelmente um dos que apanhara por acaso dentre aqueles espalhados pelo chão. Lia com atenção a página de notícias internacionais, na qual se via a foto de uma moça de maiô. Parecia haver se esquecido da minha presença.

— Professor — chamei-o novamente, mas sem resposta. Ele estava concentrado. — Professor! — gritei.

Ele levantou a cabeça.

— Tsukiko, quer ver o jornal? — perguntou-me de chofre.

Pouco depois da pergunta, ele colocou o jornal aberto sobre o tatame, abriu a porta corrediça e entrou no cômodo contíguo. Retornou em seguida carregando nos braços vários objetos que retirara de uma antiga cômoda. Eram pequenas peças de cerâmica. Foi e voltou diversas vezes entre o cômodo de oito tatames e o adjacente.

— São estes, com certeza.

Semicerrando os olhos, colocou as peças delicadamente sobre o tatame. Eram vasilhas munidas de asa, tampa e bico.

— Dê uma olhada.

— Ah! — exclamei, imaginando o que seriam.

Eu contemplava as peças imaginando já tê-las visto em algum lugar. Todas eram de fabricação grosseira. Seriam bules? Mas pareciam pequenos demais para ser bules.

— São bules de chá de trens.

— Bules de trens?

— Antigamente, quando se viajava, era comum comprar na estação uma marmita de refeição e um desses bules de chá. Hoje o chá é vendido em vasilhames plásticos, mas antigamente vinha nesses utensílios.

Havia mais de dez deles alinhados. Uns de cor caramelo, outros de cores claras. De formatos variados. Alguns com bicos avantajados, outros com asas enormes, tampa miúda ou bojudos.

— Faz coleção? — perguntei, mas o professor meneou negativamente a cabeça.

— São bules que comprei na estação juntamente com a refeição, quando eu viajava. Este aqui é de quando fui a Shinshu no ano em que entrei para a universidade. Este outro adquiri no trajeto para Nara, onde passei as férias escolares de verão com um colega de turma. Desci na estação para comprar também a refeição, mas, pouco antes de pensar em subir no trem, ele partiu. Este foi comprado em Odawara, durante minha viagem de núpcias. Para que não se quebrasse, eu o enrolei em papel de jornal, colocando-o entre as roupas, e minha mulher o carregou durante toda a viagem.

O professor explicava apontando cada um dos bules enfileirados sobre o tatame.

Eu apenas confirmava dizendo ah, ah.

— Ouvi falar de pessoas que apreciam fazer esse tipo de coleção.

— E por isso começou a colecionar também?

— Claro que não. Não tenho o hábito de me entregar a essas extravagâncias. Apenas estou alinhando os que possuo — explicou com os olhos semicerrados. — Não consigo jogar nada fora — afirmou rindo e dirigiu-se novamente ao cômodo do lado, voltando dessa vez com vários sacos de vinil pequenos.

— Bem, este aqui... — encetou ao mesmo tempo em que desatava a boca amarrada de um dos sacos.

Retirou algo do interior. Era um monte de pilhas. No corpo de cada uma delas estava escrito com caneta marcadora preta "barbeador elétrico", "relógio de parede", "rádio", "lanterna", entre outros.

— Vê, esta pilha é do ano do tufão na baía de Ise. Tóquio também foi fustigada por um imenso tufão e durante certo verão gastei todas as pilhas da lanterna — explicou, segurando uma pilha de 1,5 volt. — Esta outra é de quando comprei meu primeiro gravador de fitas cassete: era preciso oito pilhas de 1,5 volt cada, que se esgotavam em um piscar de olhos. Acabei com elas em alguns dias, ouvindo o cassete de uma sinfonia de Beethoven; virei o lado várias vezes. Já que não era possível guardar todas as pilhas, decidi conservar apenas uma: fechei os olhos e escolhi uma ao acaso.

Foram essas as explicações. O professor sentia pena em descartar logo as pilhas que trabalharam a seu favor. Era cruel jogar fora, tão logo morriam, as pilhas que até então acenderam luzes, emitiram sons e movimentaram motores.

— Não concorda, Tsukiko? — perguntou, perscrutando meu rosto.

Que poderia lhe responder? Toquei uma das dezenas de pilhas de variados tamanhos, emitindo o enésimo "ah" da noite. Enferrujada e úmida, em seu corpo lia-se "calculadora Cassio".

— A lua se inclinou consideravelmente — comentou o professor, levantando a cabeça.

A lua atravessara por dentro do halo e brilhava distintamente.

— O chá bebido de um bule de trem devia ser gostoso — murmurei.

— Que tal se preparássemos chá? — replicou o professor, estendendo o braço repentinamente.

Revirou às pressas o local onde estava a garrafa de saquê e apanhou a lata de chá. Colocou com facilidade as folhas de chá no bule de trem de cor caramelo, abriu a tampa da velha garrafa térmica posta ao lado da mesinha baixa e despejou a água quente do interior.

— Esta garrafa térmica foi presente de meus alunos. É de fabricação americana, bem antiga mas formidável: a água fervente que coloquei nela ontem continua quente.

O professor verteu o chá nas xícaras que usáramos para beber saquê e em seguida acariciou gentilmente a garrafa térmica. Parecia ainda haver saquê na xícara, pois o chá apresentava um gosto bizarro. O saquê rapidamente fez efeito e comecei a sentir uma agradável sensação nas vistas.

— Posso dar uma olhada ao redor? — perguntei, e sem esperar resposta dirigi-me até os objetos espalhados a um canto do cômodo de oito tatames, pisando-os. Inúteis. Um velho isqueiro Zipo. Um espelho de mão bastante enferrujado. Três grandes valises de couro preto, repletas de estrias pelo uso. Todas do mesmo formato. Uma tesoura de jardineiro. Livros de bolso. Algo semelhante a uma caixa preta de plástico. Com escalas e uma agulha.

— O que é isto? — perguntei, tomando nas mãos a caixa preta com escalas.

— Qual? Ah, isso. É um medidor de voltagem.

Medidor de voltagem?, repliquei, enquanto ele tirava delicadamente a caixa preta de minhas mãos, revirando o objeto. Achou um fio preto e outro vermelho, que conectou ao aparelho. Na ponta de cada fio havia uma pinça.

— Vou lhe mostrar como se faz — demonstrou, encostando a pinça do fio vermelho em um dos lados da pilha, em cujo corpo se lia "barbeador elétrico", e a pinça do fio preto no lado oposto.

— Veja, Tsukiko, preste atenção. Com ambas as mãos ocupadas, o professor apontou com o queixo a escala do medidor. A agulha oscilava em espaços curtos. Quando as pinças eram afastadas da pilha, a agulha parava, mas voltava a oscilar ao serem novamente encostadas.

— Ainda passa corrente — explicou calmamente. — Não tem força suficiente para acionar o motor, mas ainda há um resquício de energia.

O professor fez questão de medir com o aparelho cada uma das muitas pilhas. Mesmo encostando as pinças, nenhum movimento da agulha era causado, mas por vezes uma das pilhas era capaz de fazê-la tremer. A cada novo espasmo da agulha, o professor emitia uma exclamação miúda de admiração.

— Vive debilmente, não? — falei, e o professor assentiu levemente com a cabeça.

— Contudo, em pouco tempo todas sucumbirão à morte — replicou numa voz despreocupada e distante.

— Terminarão a vida dentro de uma cômoda.

— Certamente é isso que acontecerá.

Por algum tempo permanecemos calados contemplando a lua. Por fim, o professor perguntou com voz enérgica se eu não desejaria beber um pouco mais de saquê, despejando-o em minha xícara.

— Ah, desculpe. Ainda havia chá em sua xícara.

— Bem, é uma mistura de chá com saquê.

— Saquê não deve ser misturado seja com o que for.

— Não se preocupe, professor.

Bebi de um só fôlego todo o conteúdo, repetindo que não havia por que me inquietar. O professor sorvia a bebida em goles miúdos. A lua resplandecia em todo esplendor.

De repente, o professor começou a recitar um poema em voz clara e ressonante.

Salgueiro a tremer,
Alvo rio dentro da noite,
Para além dele fumaça nos prados.

— O que é esse negócio semelhante a um sutra? Bastou eu perguntar para o professor manifestar sua indignação.

— Tsukiko, bem se vê que você não prestava nenhuma atenção às aulas de japonês.

— Estou certa de que nunca nos ensinaram isso — revidei.

— É um poema de Seihaku Irako, ora — respondeu ele no tom típico de um docente.

— Nunca ouvi falar dele — confessei, peguei a garrafa e verti o saquê caprichosamente em minha xícara.

— Que mulher é essa que serve saquê a si mesma? — me admoestou.

— Deixe de ser antiquado — revidei.

— Nada melhor do que ser antiquado, nada melhor.

Resmungando, o professor verteu saquê em sua xícara até quase transbordar.

Para além do rio a fumaça nos prados,
E o indistinto som de flauta,
A tanger o coração do viajante.

O professor começou de novo a recitar. Ele o fazia de olhos cerrados, como se desejasse atentar à própria voz.

21

Eu contemplava distraidamente as pilhas de variados tamanhos. Elas estavam serenas sob a luz tênue. Novamente a lua começou a ser encoberta pelo halo.

Os pintos

O professor me convidou para acompanhá-lo à feira que tem lugar nos dias do mês com número oito.
— A feira se realiza nos dias 8, 18 e 28. Este mês, o dia 28 cai num domingo. Deve ser o mais conveniente para você — propôs, tirando uma agenda da costumeira valise preta.
— 28? — repliquei, folheando lentamente minha agenda, embora desde o início nada houvesse programado. — Para mim está bem — respondi com ar solene.
Com uma grossa caneta tinteiro o professor anotou na agenda, no dia 28: "Feira do Oito. Tsukiko. Meio-dia, em frente à parada de ônibus de Minami-machi."
O professor tem uma linda caligrafia.
— Que tal nos encontrarmos ao meio-dia? — propôs ele, enquanto guardava a agenda na valise.
Encontrar-me com o professor à luz do dia é um acontecimento raro. Nossos encontros são sempre naquele bar sombrio, sentados lado a lado enquanto bebericamos saquê ou outra bebida, comendo tofu frio nesta estação do ano ou pegando com os hashi pedaços de tofu cozido na estação um pouco anterior. Eu disse *encontros*, mas na realidade não marcamos nada, apenas acontece de estarmos por acaso no

local. Por vezes passamos semanas sem nos ver, por outras nos esbarramos todas as noites.

— Feira? De que tipo? — indaguei, enquanto vertia saquê em minha taça.

— Feira é feira, convenhamos. Nela pode-se encontrar de tudo para a vida diária. Óbvio.

Acompanhá-lo para ver objetos de uso diário era a meu ver algo inusitado, mas, por que não? Anotei em minha agenda: meio-dia, parada de ônibus de Minami-machi.

O professor esvaziou lentamente sua taça e serviu-se novamente. Inclinou levemente o frasco e pude ouvir o glu--glu do líquido sendo vertido. Ele não enclinava o frasco até quase roçá-lo na taça posta sobre a mesa, mas vertia o líquido a partir de uma altura considerável acima da taça. O saquê formava um fio fino, caindo como se sugado pela taça. Não derramava sequer uma gota. Muito habilidoso. Tentei uma vez imitá-lo, segurando alto o frasco e inclinando-o, mas entornei praticamente todo o líquido. Foi um completo desperdício. Desde então empenho-me em servir o saquê sem refinamento, segurando firme a taça na mão esquerda e, com a direita, aproximando o frasco o mais próximo possível da taça para verter.

Falando nisso, um colega da empresa me disse certa vez: "Tsukiko, a maneira como você serve bebidas é destituída de concupiscência." Essa palavra já está ultrapassada, como também a exigência de sensualidade, meramente por se tratar de uma mulher a se incumbir de servir a bebida. Surpresa, fitei meu colega sem pestanejar. A mente dele deveria estar confusa, pois, ao sair do estabelecimento, ele me arrastou para um lugar escuro e tentou me beijar. Aquilo não podia estar acontecendo, pensei, e com força segurei com ambas as mãos o rosto dele, que se pressionava contra mim, e o empurrei.

— Não precisa ter medo — sussurrou ele, afastando minhas mãos e novamente aproximando o rosto. Tudo muito ultrapassado. Eu me contive ao máximo para não explodir.

— Hoje não é um dia auspicioso — anunciei em tom e fisionomia muito sérios.

— Auspicioso?

— Afinal, hoje é um *tomobiki*, dia em que o mau augúrio pode afetar os amigos. Amanhã é *shakko, kanoetora*, ainda mais nefasto no calendário chinês.

Deixei-o boquiaberto na penumbra e tratei de descer correndo as escadas do metrô. Depois de chegar ao piso inferior, continuei a correr por algum tempo. Ao confirmar que meu colega não estava me seguindo, entrei no toalete, me aliviei, lavei as mãos. Olhei no espelho, vi meu rosto e os cabelos levemente despenteados, e comecei a rir baixinho.

O professor detesta que lhe sirvam a bebida. Seja cerveja ou saquê, ele próprio se serve com cuidado. Certa vez, enchi o copo dele primeiro. No instante em que inclinei a garrafa de cerveja, ele moveu o corpo ligeiramente para trás, ou melhor, não foi tão pouco assim. Porém, manteve-se calado. Quando o copo estava cheio, ele o ergueu calmamente e numa voz miúda entre dentes brindou "Saúde", bebendo em um só gole. Ao chegar ao fim, engasgou-se levemente. Sem dúvida, bebeu depressa demais. Com certeza, queria esvaziar o copo o quanto antes. Ergui a garrafa com a intenção de lhe servir mais uma dose, mas se empertigando na cadeira ele disse:

— Ah, obrigado. Mas não se preocupe. Gosto de eu mesmo me servir. — Desde então, decidi não mais fazer isso. É ele que algumas vezes me serve.

Esperei diante da parada de ônibus até que o professor apareceu. Eu chegara quinze minutos antes e ele, dez minutos. Era um domingo de sol intenso.

— As altaneiras farfalham muito hoje — comentou e se pôs a contemplar as inúmeras árvores ao lado da parada. Realmente, os galhos verde-escuros e densos das árvores se curvavam. Apesar de não sentirmos o vento tão forte, as copas elevadas em direção ao céu balançavam amplamente. Era um dia quente de verão, mas estava fresco à sombra, devido ao baixo grau de umidade. Fomos de ônibus até Teramachi e de lá seguimos por um tempo a pé. O professor portava um chapéu-panamá e uma camisa havaiana de cor sóbria.

— Essa camisa lhe cai bem — elogiei.

— Vamos, não exagere — replicou ele rapidamente e apressou o passo. Por algum tempo andamos os dois rapidamente sem dizer palavra, até que o professor desacelerou.

— Não está com fome? — perguntou.

— Mais do que fome, estou sem fôlego — respondi e ele riu.

— A culpa é sua de dizer coisas esquisitas — replicou.

— Não falei nada de estranho. O senhor está elegante.

Sem responder, ele entrou em uma loja de comida preparada para viagem, logo adiante.

— Um especial de carne de porco com picles coreano — pediu à atendente, virando-se em seguida para mim.

— E você, Tsukiko? — O professor me apressava com o olhar. Acabei confusa com tantos itens no cardápio. Por um instante, atrairam-me os ovos fritos acompanhados de arroz ao estilo coreano, mas não me agrada ovo frito. Se começo a hesitar, a vacilação não tem fim.

— Quero carne de porco com picles coreano.

No final de muita indecisão, acabei pedindo o mesmo prato do professor. Sentei ao lado dele em um banco a um canto da loja, e juntos esperamos aprontarem nosso pedido.

— Dá para sentir que o senhor está acostumado a comprar comida pronta — comentei, e ele assentiu com a cabeça.

— É porque moro sozinho. Você cozinha?

— Só quando tenho namorado — respondi, e o professor assentiu com ar sério.

— Nada mais natural. Eu também deveria arranjar uma ou duas namoradas.

— As coisas se complicam se forem duas.

— Duas é provavelmente o limite.

Enquanto dialogávamos coisas sem sentido nosso pedido ficou pronto. A atendente colocou em um saco de vinil as duas caixas de dimensões distintas. Pedimos a mesma coisa, mas o tamanho das embalagens era diferente. Cochichei no ouvido dele.

— Claro, afinal você não pediu o especial, mas o comum.

— O professor respondeu com voz miúda. Ao sairmos, o vento soprava com mais força. O professor carregava na mão direita o saco de vinil com a comida, e a outra mão mantinha firme o chapéu-panamá para que não saísse voando.

Barracas começaram a assomar aqui e ali pelo caminho. Uma delas vendia exclusivamente meias de trabalho. Outra comercializava sombrinhas dobráveis. Havia um brechó. Uma outra vendia, misturados, livros usados e novos. À medida que avançávamos, víamos ambas as calçadas cheias de barracas, umas coladas às outras.

— Há quarenta anos toda esta região foi completamente inundada pela enchente provocada por um tufão.

— Há quarenta anos?

— Muitas pessoas perderam a vida.

O professor me explicou que a feira existia desde essa época. No ano seguinte à enchente, ela reduziu de tamanho, mas um ano depois voltou com força, três vezes ao mês. Prosperara com o decorrer dos anos e hoje, mesmo nos outros dias do mês, há barracas abertas pelo caminho entre as paradas de ônibus de Teramachi e a seguinte, Kawasuji-Nishi.

— Venha, venha! — chamou o professor, adentrando um pequeno parque afastado da rua. É um local deserto. Apesar da multidão na rua em frente, logo tão perto reina o mais completo silêncio. O professor comprou duas latinhas de chá de arroz integral na máquina de venda automática localizada na entrada do jardim.

Sentamos lado a lado no banco e abrimos a caixa da refeição. Bastou abri-la para o aroma do picles coreano exalar.

— O seu então é especial.

— Com certeza.

— E qual é a diferença do comum?

Com nossas cabeças alinhadas, examinamos cuidadosamente o conteúdo das duas caixas.

OS PINTOS

— Não há diferença em particular entre eles — anunciou o professor, com certo júbilo. Bebemos o chá bem devagar. Ventava, mas por ser pleno verão sentia falta dos dias úmidos. O chá gelado descia pela garganta e a umedecia.

— Tsukiko, seu jeito de comer passa a impressão de que a comida está realmente deliciosa — afirmou o professor com uma ponta de inveja, enquanto me observava comer o arroz salpicado com o que restava do molho da carne de porco com picles coreano. Ele já terminara sua refeição.

— Desculpe minha falta de etiqueta.

— Devo admitir que não é das melhores. Porém, parece muito gostoso — repetiu o professor, fechando a tampa da caixa vazia e voltando a passar ao redor dela o elástico. No parque estão plantadas alternadamente cerejeiras e altaneiras. Talvez, por se tratar de um velho parque, as árvores são muito altas.

Depois de passar por uma esquina onde uma barraca vendia todo tipo de utensílio, cresceram em número as de produtos alimentícios. Uma delas se especializou na venda de soja. Outra vendia vários tipos de mariscos. Uma tinha cestas cheias de camarões e siris pequenos. Numa só havia bananas. O professor parava diante de cada uma delas para olhar. Inclinava-se ligeiramente, mas voltava à posição natural assim que se afastava um pouco das barracas.

— Tsukiko, esses peixes parecem bem frescos.

— Mas estão cheios de moscas por cima.

— É normal as moscas agirem assim.

— Que tal comprar aquele frango?

— É um frango inteiro. Seria complicado depená-lo.

29

Falávamos entre nós caçoando das barracas. Seu número aumentou consideravelmente. Umas coladas cerradamente às outras, e os vendedores competiam para angariar os clientes.

— Mãe, essas cenouras parecem gostosas! — Um menino diz à mãe, que carrega uma cesta de compras.

— Você não detestava cenouras? — A mãe pergunta surpresa.

— É que essas parecem estar deliciosas. — O filho responde com sagacidade.

— Garoto, você tem bom olho, esses legumes estão muito gostosos. — O dono da barraca levanta a voz.

— Aquelas cenouras estarão mesmo tão gostosas? — O professor observa seriamente os legumes.

— Elas me parecem como quaisquer outras.

— Humm.

O chapéu-panamá do professor estava meio oblíquo. Caminhávamos empurrados pela multidão. Por vezes, eu o perdia de vista, oculto no meio das pessoas. Procurava-o fiando-me no alto do chapéu-panamá que jamais escapava de minha visão. O professor, ao contrário, não parecia nem um pouco preocupado se eu estava por ali ou não. Assim como um cão que para a cada poste, ele interrompia o passo ao chegar à frente de uma barraca que lhe agradasse.

A mãe e o filho de antes estão em frente à barraca de cogumelos. O professor também está lá, atrás deles.

— Mãe, estes cogumelos *kinugasa* parecem gostosos.

— Você não detestava cogumelos *kinugasa*?

— É que esses parecem deliciosos.

Os dois mantêm diálogo semelhante ao de antes.

— Os dois são claques dos vendedores — anunciou o professor com ar alegre.

— Usar a mãe e o filho é bem astucioso.

— Mas obrigar a criança a nomear até o tipo do cogumelo já é exagero.

— Ah.

— Se fosse um cogumelo mais comum, ainda passaria.

As barracas de alimentos começaram gradualmente a escassear. Aumentaram aquelas comercializando produtos maiores. Aparelhos eletrodomésticos. Computadores. Telefones. Havia vários refrigeradores pequenos de diversas cores alinhados. Uma velha vitrola tocava um disco. Podia--se ouvir baixinho o som de violinos. Era uma música singela com jeito de antigamente. O professor permaneceu escutando atentamente até o final.

Apesar de ainda estarmos no meio da tarde, aos poucos se espalham tenuamente sinais do anoitecer. É o momento em que se ultrapassa ligeiramente o pico do calor.

— Não está com sede? — perguntou o professor.

— Como vamos beber mais à noite, não pretendo tomar nada até lá — respondi, e o professor assentiu com ar de satisfação.

— Tirou nota dez.

— Era um teste?

— No que se refere a bebidas, você se mostra uma aluna exemplar, Tsukiko. Não posso dizer o mesmo quanto a suas notas em japonês, que eram sofríveis...

Uma barraca vendia gatos. Havia desde recém-nascidos a animais tão grandes a ponto de se movimentarem pachorrentamente. Uma criança pedia à mãe para lhe comprar um deles. Era o menino do claque de antes.

— Não temos lugar para criar um gato — a mãe explicava.

— Eu o crio do lado de fora. — O menino respondeu baixinho.

— Será que esses gatos comprados em loja conseguem sobreviver fora de casa?

— Com certeza, dá-se um jeito.

O dono da barraca ouvia calado o diálogo entre mãe e filho. Por fim, o menino apontou para um filhote listrado. O dono o envolveu em um pano macio e, recebendo-o, a mãe o colocou delicadamente em sua cesta de compras. Podiam-se ouvir indistintamente os miados do animal vindos do fundo do cesto.

— Tsukiko — de súbito o professor me chamou.

— O quê?

— Eu também vou comprar um para mim.

O professor se aproximou da barraca de pintos e não da de gatos.

— Um macho e uma fêmea, por favor — pediu ele com determinação.

O dono retirou um pinto de cada grupo à esquerda e à direita e guardou cada um deles numa caixa separada. Cá estão, disse, entregando as caixas ao professor, que as recebeu com um ar receoso. Com as duas caixas postas sobre a mão esquerda, com a direita retirou a carteira do bolso e fez menção de me entregar.

— Poderia, por favor, pagar para mim?
— Posso segurar as caixas.
— Ah.

O chapéu-panamá do professor estava ainda mais oblíquo do que antes. Enxugando o suor com um lenço, ele efetuou o pagamento. Guardou a carteira no bolso da camisa e, após alguma hesitação, tirou o chapéu.

Ele o segurou virado para baixo. Pegou de minhas mãos as caixas com os pintos, uma por vez, e as colocou dentro do chapéu. Depois que estavam bem acondicionadas, o professor começou a caminhar, levando o chapéu debaixo do braço com extremo cuidado.

Tomamos o ônibus na parada de Kawasuji-Nishi. O da volta estava mais vazio do que o da vinda. Na feira, o número de pessoas aumentava de novo. Certamente vinham às compras à noite.

— Dizem que é muito difícil distinguir pintos machos e fêmeas — falei, e o professor murmurou fazendo pouco-caso.
— Sei muito bem disso.
— Ah...
— Machos ou fêmeas, tanto faz.
— Ah...
— Comprei dois porque é triste um pinto sozinho.
— É mesmo?
— Com certeza.

Desci do ônibus me perguntando se seria realmente assim e acompanhei o professor, que entrou na minha frente no bar de sempre.

— Cerveja. Duas garrafas. — Ele pediu de imediato. — E feijão-soja cozido também. — Trouxeram sem demora as cervejas e os copos.
— Quer que eu lhe sirva? — perguntei, e ele meneou a cabeça em negativa.
— Não, sou eu quem vai lhe servir. Deixe que eu mesmo encho meu copo. — Como sempre, não me deixou fazê-lo.
— O professor detesta que lhe sirvam bebida?
— Se for uma pessoa que sabe servir, não há problema, mas você não tem jeito para isso, Tsukiko.
— Acha mesmo?
— Vou lhe ensinar como fazer.
— Dispenso.
— Que cabeça-dura é você!
— Não tanto quanto o senhor.

A espuma da cerveja servida pelo professor estava firme.

— Onde vai criar os pintos? — indaguei, e ele me respondeu que por enquanto criaria dentro de casa. Podia-se ouvir indistintamente o ruído dos pintos se movimentando nas caixas dentro do chapéu. — Gosta tanto assim de criar animais? — perguntei, e ele meneou a cabeça.

— Não sou muito bom nisso.
— Acha que conseguirá?
— Se forem pintos, acho que sim, não são muito bonitos.
— Prefere que não sejam bonitos?
— Se forem, acaba-se completamente absorto por eles.

Ouvia-se o ruído das unhas dos pintos se movimentando dentro da caixa. Como o professor esvaziara o copo, experimentei enchê-lo. Ele não recusou. Com um pouco mais de espuma.

Isso, isso mesmo. Falando assim, aceitou tranquilamente que eu o servisse.

— É preciso soltar logo os pintos em um lugar amplo — eu disse, e nesse dia ficamos apenas na cerveja. Depois de comermos os feijões-soja, berinjelas fritas e lulas temperadas com wasabi, pagamos cada um sua conta.

Já era quase noite ao sairmos do bar. A mãe e o filho que víramos na feira teriam acabado de jantar? O gato estaria miando?

Apenas uma réstia de lusco-fusco dourava o céu a oeste.

Vinte e duas estrelas

Eu e o professor não estamos nos falando. Não é pelo fato de não nos encontrarmos. Por vezes nos vemos no mesmo bar de sempre, mas evitamos nos dirigir a palavra. Entramos no bar, certificamos com os olhos, de relance, a presença do outro, e fazemos de conta que não nos vimos. Eu o ignoro, ele me ignora. Já deve ter se passado praticamente um mês que isso ocorre, desde que no quadro-negro onde se anuncia o prato do dia começou a aparecer "Servimos cozidos". Apesar de por vezes sentarmos lado a lado no balcão, nunca trocamos palavras.

Tudo começou por causa do rádio. Uma partida de beisebol estava sendo transmitida ao vivo. A decisão do campeonato da liga já estava no final. Era algo raro o rádio estar ligado no bar, e eu, com os cotovelos apoiados sobre o balcão, ouvia vagamente a transmissão enquanto bebia meu saquê quente.

Momentos depois a porta se abriu e o professor entrou. Ele se sentou a meu lado e perguntou ao dono em que consistia o cozido do dia. Várias caçarolas individuais estavam empilhadas sobre uma prateleira com coberturas irregulares de papel alumínio.

— Hoje é bacalhau cozido com verduras.

— Parece ótimo.

— Vai querer um, então? — indaga o dono, mas o professor meneia a cabeça.

— Vou querer ouriço-do-mar salgado.

Eu ouvia a conversa dizendo para mim mesma que o professor era realmente imprevisível. O som de apitos e tambores da torcida se intensificou no rádio, quando o terceiro rebatedor do time de ataque disparou uma bola longa.

— Para quem você torce, Tsukiko?

— Para nenhum time em particular — respondi, enchendo de saquê minha taça. Os fregueses no interior da loja escutavam com ardor a transmissão.

— Dou preferência ao Giants — declarou o professor, bebendo de um gole sua cerveja antes de passar para o saquê. Ele estava, como direi, mais animado do que o usual. O que o estaria entusiasmando tanto?

— Dá preferência?

— Dou.

O jogo era entre o Giants e o Tigers. Embora eu não torça por nenhum time em particular, odeio o Giants. Antes eu me proclamava abertamente "anti-Giants". Até que um dia recebi de alguém o seguinte comentário: "Anti-Giants é certamente uma expressão usada por pessoas obstinadas, não querendo simplesmente dar o braço a torcer de que adoram o Giants" e, sentindo caber a carapuça, me aborreci e deixei de pronunciar a palavra Giants desde então. Parei também de acompanhar as transmissões dos jogos. Na realidade, não distingo claramente se gosto ou detesto esse time. É algo muito vago.

O professor inclinava lentamente o frasco de saquê. Ele assentia fortemente com a cabeça cada vez que o arremessador do Giants conseguia lançar três bolas indefensáveis ao adversário ou quando o batedor conseguia rebater.

— O que há com você, Tsukiko? — me perguntou ele, quando na primeira metade do sétimo *inning* saiu um *home run* e o Giants passou a liderar por três pontos.

— Estou apenas balançando a perna.

Eu começara a agitá-la nervosamente quando a diferença no placar abriu.

— Costuma esfriar quando anoitece. — Olhando em direção ao teto, aleguei algo completamente sem nexo, sem me voltar para o professor. Nesse exato momento, um jogador do Giants marcou mais um ponto. Ao mesmo tempo o professor gritou "Viva" e eu balbuciei instintivamente "Merda". Com quatro pontos de diferença, o Giants assegurava a vitória, o que causou furor dentro do bar. Por que há tantos fãs do Giants nesta cidade, afinal? É revoltante.

— Tsukiko, você detesta o Giants? — perguntou o professor na segunda metade do nono *inning*, justo quando o Tigers atacava com dois jogadores eliminados. Eu assenti com a cabeça em silêncio. O bar voltara à calma de antes. Praticamente todos os clientes ouviam a transmissão. Eu estava inquieta. Há muito não acompanhava uma partida de beisebol pelo rádio e ela despertou em mim a raiva pelo Giants. Convenci-me realmente de que eu simplesmente odiava o time e não era alguém apenas com medo de confessar que o amava.

— Detesto — anunciei em voz miúda.

O professor arregalou os olhos.

— É inacreditável que um japonês possa odiar o Giants — balbuciou.

— Que discriminação é essa afinal? — perguntei ao mesmo tempo em que o último rebatedor do Tigers perdia a terceira bola lançada. O professor se levantou da cadeira elevando bem alto sua taça. O locutor anunciava o final da partida e o alvoroço voltava a tomar conta do bar. De todos os lados choviam pedidos de bebida e tira-gostos, que o dono respondia a cada vez com um *ok* em alta voz.

— Tsukiko, eles venceram. — Sorridente, o professor verteu saquê de seu frasco em minha taça. Era algo raríssimo. Tínhamos por princípio não consumir o saquê ou tira-gostos um do outro. Cada qual fazia seu pedido. Cada um se servia sua bebida. A conta também era separada. Até então respeitáramos esse acordo tácito. Porém, justo naquele momento ele me servia o saquê. Ele quebrava assim nosso pacto. E tudo isso por culpa da vitória do Giants. É muita petulância vir encurtar sem cerimônias a distância confortável existente entre nós. Giants de merda!

— E daí? — retruquei em voz baixa, esquivando-me do frasco do professor.

— Nagashima tem uma tática soberba, não concorda? — despejou com habilidade a bebida em minha taça, por mais que eu tentasse evitar. Nenhuma gota derramada. Fantástico.

— Pois é algo verdadeiramente bom de verdade. — Coloquei de volta sobre a mesa a taça na qual o professor vertera o saquê sem levá-la aos lábios e virei o rosto para o lado.

— Verdadeiramente bom de verdade é um jeito esdrúxulo de falar.

— Acha verdadeiramente ruim de verdade?

— O arremessador também atuou brilhantemente.

O professor ria. Do que esse velhaco está rindo, eu o injuriava em meu âmago. E ele gargalhava. Não parecia a risada comedida própria a um docente, mas uma gargalhada com gosto.

— Vamos deixar de lado essa conversa — propus e o fitei. Todavia, ele não parava de rir. Algo flutuava curiosamente bem no fundo de sua risada. Algo semelhante ao brilho de prazer no fundo do olhar de um garoto esmagando uma minúscula formiga.

— Não quero deixar de lado. De jeito nenhum.

Que diabo era aquilo? Mesmo ciente de que eu detesto o Giants, ele se divertia em me aborrecer. Ele realmente se deleitava.

— O Giants é um timezinho de merda — retruquei e derramei sobre um prato vazio até a última gota do saquê que ele me servira.

— Merda? Essa não é uma palavra apropriada a uma mulher na flor da idade — replicou ele em tom sereno. Retesou as costas mais do que de hábito e esvaziou sua taça.

— Não sou uma mulher na flor da idade, fique sabendo.

— Peço-lhe desculpas.

Uma atmosfera pesada se instalou entre mim e o professor. A culpa era dele. Afinal, o Giants vencera. Durante algum tempo enchemos e esvaziamos nossos copos em silêncio. Não pedimos nenhum prato de acompanhamento, apenas continuamos bebendo. Por fim, tanto eu como ele nos embriagamos por completo. Pagamos a conta mudos, saímos do bar e retornamos cada qual para sua casa. Desde então não nos falamos.

A propósito, o professor era minha única companhia. Nos últimos tempos não havia ninguém a não ser ele que me acompanhasse para beber, andar na rua ou assistir a algo agradável. Não consigo me lembrar com quem eu fazia esse tipo de coisa antes de me tornar íntima do professor.

Eu era só. Tomava o ônibus sozinha, andava pela rua sozinha, fazia compras sozinha, bebia saquê sozinha. Não me sentia diferente quando estava com o professor, era a mesma de antes, quando fazia essas coisas sozinha. Sendo assim, não precisava necessariamente da companhia dele, mas sentia que as coisas caminhavam melhor assim. Caminhar melhor? Isso também é estranho. Seria como afirmar que se prefere deixar a cinta de papel de publicidade que envolve um livro comprado a retirá-la. Se souber que eu o comparei a uma cinta de papel, o professor certamente se enfurecerá.

Encontrar o professor no bar e ignorarmos um ao outro é parecido com separar um livro da cinta que o circunda: simplesmente perde-se a harmonia. Porém, era também vexatório tentar consertar algo desarmonioso. Ele, sem dúvida, se sentia da mesma forma. Por isso, por mais que o tempo passasse, continuávamos nos ignorando.

Tive de ir a Kappabashi a serviço. Era um dia de vento forte e já estava frio demais para vestir apenas um leve casaco. Não era a brisa lânguida outonal. Era um dia de ventania que invocava o frio inclemente do inverno. Em Kappabashi há muitos atacadistas de objetos de louça e de laca. Caçarolas, panelas de ferro, pratos e tigelas, todo tipo de objetos para cozinha. Depois de concluir meu compromisso, decidi dar uma espiada nas lojas. As caçarolas de cobre de mesmo tipo e em diversos tamanhos estavam postas uma dentro das outras formando conjuntos, da maior até a menor, como as bonecas russas *matrioska*. Caçarolas de barro imensas adornavam a entrada das lojas. Escumadeiras e conchas de vários tamanhos estavam dispostas. Havia lojas de cutelaria. Dentro de suas vitrines alinhavam-se lâminas de facões pontiagudos, sem seus cabos, facas para cortar legumes e outras mais finas, próprias para o corte de peixes. Havia de cortadores de unha a tesouras de cortar flores.

Encantada com o brilho das lâminas, entrei na loja, onde a um canto se empilhavam alguns raladores metálicos. "Liquidação", estava escrito em um papelão preso por um elástico aos cabos de um grupo de raladores de tamanhos variados.

— Quanto custa? — perguntei à vendedora, mostrando-lhe um ralador pequeno, e a moça, usando um avental, respondeu "mil ienes". Acrescentou: "Mil ienes, já incluso o imposto de consumo." Entendi-a dizer *disposto* em vez de *imposto*. Paguei os mil ienes e ela embrulhou o ralador para mim.

Eu já tenho um ralador. Kappabashi é o tipo de lugar que estimula o desejo de comprar. Quando vim da última vez, adquiri uma grande caçarola de ferro. Imaginei que seria prático quando muitas pessoas se reunissem em casa, mas isso raramente acontece. Mesmo que isso se suceda, não imagino o que poderia preparar em uma caçarola tão grande e com a qual não estou acostumada. Ela continua guardada no fundo de uma prateleira da cozinha.

Comprei um novo ralador pensando em presenteá-lo ao professor.

À medida que contemplava a lâmina brilhante, surgiu-me a vontade de me encontrar com ele. O desejo de vê-lo brotou em mim conforme via a ponta afilada da lâmina, que certamente faria manar o sangue se cortasse docemente a pele. Não entendo por qual mecanismo o brilho da lâmina evoca esse tipo de sensação, mas fui tomada pela vontade irresistível de encontrá-lo. Pensei em comprar algo como um facão e levá-lo até onde ele mora, mas um objeto de corte seria algo turbulento na casa dele. Não combinaria com a atmosfera úmida do local. Por isso, preferi um ralador amolado. O preço de mil ienes redondos também estava razoável. Ficaria furiosa se depois de pagar algo na casa dos dez mil ienes o professor continuasse a me ignorar. Custo a acreditar que ele seja insensível, mas infelizmente ele é um fã do Giants. Era impossível confiar nele totalmente.

Algum tempo depois, nos deparamos por acaso no bar.

Como sempre, ele preferiu me ignorar. Imitando-o, adotei atitude semelhante.

Estávamos no balcão, separados por dois assentos. Entre nós havia um homem que bebia lendo um jornal. Do outro lado do jornal, o professor pediu tofu cozido.

— Esfriou bastante, não? — disse o dono e o professor assentiu com a cabeça. "Está mesmo frio", deve ter replicado em voz miúda. Por causa do ruído das folhas de jornal movimentadas pelo cliente, não pude ouvir claramente.

— Realmente a temperatura caiu abruptamente — disse, para além do homem com o jornal, e o professor olhou em minha direção. Tinha uma expressão de surpresa. Era a ocasião propícia para eu saudá-lo com a cabeça, mas meu corpo permanecia inerte. Virei logo o rosto. Percebi, para lá do homem com o jornal, que o professor virava lentamente para o outro lado.

O tofu cozido chegou, comi, esvaziei minhas taças, embriaguei-me, tudo na mesma velocidade do professor. Como ambos estávamos tensos, os efeitos da bebida se manifestaram mais lentamente do que de costume. O homem com o jornal não fez menção de se levantar. Tanto eu quanto o professor continuamos bebendo serenamente, cada um não se importando com o outro, com o homem entre nós.

— A Copa de Beisebol do Japão acabou, hein? — diz o homem ao dono.

— O inverno já está chegando.

— Detesto o frio.

— Mas é a melhor época dos cozidos.

O homem e o dono continuam conversando tranquilamente. O professor vira a cabeça. Parece me observar. Sinto cada vez mais seu olhar colado em mim. Eu também me viro cautelosamente na direção dele.

— Não quer vir se sentar aqui? — propôs ele em voz miúda.

— Quero — respondi também baixinho.

O assento entre o homem e o professor estava vazio. Informei ao dono que mudaria de lugar e me transferi levando o frasco e a taça de saquê.

— Cá estou — anunciei, e o professor ruminou algo ininteligível.

Depois disso, começamos a beber nosso saquê cada qual olhando para a frente.

Depois de pagarmos cada um sua conta, afastamos o *noren*[2] e saímos à rua. O tempo estava mais ameno do que eu imaginara, e estrelas cintilavam no céu. Era mais tarde do que de costume.

— Isso é para o senhor — disse, após andarmos por algum tempo, e entreguei-lhe o pacote meio amassado.

— O que é isso? — perguntou ele e, colocando a valise no chão, recebeu o pacote que desfez com cuidado. O pequeno ralador apareceu. Em meio à luz pálida filtrada através do *noren*, o objeto brilhava mais do que quando o vira na loja em Kappabashi.

— Mas se não é um ralador!

— Isso mesmo.

— É um presente para mim?

— Sim, por favor.

---

2. Cortina de pano curta, com diversos motivos, suspensa ao batente de portas, principalmente em restaurantes, com a função de identificar que o estabelecimento está funcionando. [N.T.]

Um diálogo conciso. Como de costume entre nós. Ergui os olhos para o céu e cocei a cabeça. O professor reembrulhou com cuidado o ralador, colocou-o na valise e começou a caminhar com as costas eretas.

Eu caminhava contando as estrelas. Atrás do professor, com os olhos pregados no céu, eu contava. Quando cheguei na oitava, o professor de súbito recitou:

> *Ameixeiras em flor,*
> *Brotos nascem nas colzas*
> *E no albergue de Mariko*
> *Sopa de inhame*

— O que é isso? — perguntei, e o professor meneou a cabeça.
— Pelo visto, nem Bashô você conhece — lastimou-se.
— É de Bashô? — repliquei.
— Do próprio. Eu ensinei esse poema muito tempo atrás — asseverou ele. Eu não me lembrava de tê-lo aprendido. O professor apressou o passo.

— Professor, não ande tão rápido — dirigi minha reclamação a suas costas. Ele nada respondeu. Um pouco irritada, repeti de propósito o verso curioso *E no albergue de Mariko, sopa de inhame.*

Por um tempo o professor continuou a caminhar sem se voltar, mas por fim parou.

— Qualquer dia desses vamos cozinhar sopa de inhame. Apesar do verso de Bashô ser um poema primaveril, os inhames agora estão deliciosos. Vou usar o ralador e você trate de triturar bem no pilão, por favor — disse no tom costumeiro, sempre a minha frente, sem se virar.

Continuei atrás dele contando as estrelas. Na décima quinta chegamos à rua onde nos separaríamos.

Tchau, acenei e, virando-se, ele repetiu tchau.

Eu o segui com os olhos e depois continuei andando até em casa. No caminho contei vinte e duas estrelas, incluindo as pequenas.

Colheita de cogumelos – 1

Sou incapaz de imaginar o porquê de estar caminhando por este lugar.

A culpa foi do professor que começou a conversa dizendo "Sabe, os cogumelos...".

— Eu adoro cogumelos. — O professor declarou alegremente naquela noite fresca de outono, quando estávamos sentados no balcão do bar, ele com as costas retesadas.

— Cogumelos *matsutake*? — perguntei, e ele meneou a cabeça.

— Pode ser *matsutake* também.

— Ah...

— Restringir os cogumelos a *matsutake* é praticamente tão simplista como restringir o beisebol ao Giants.

— O senhor gosta do Giants, se não me engano.

— Gosto, mas objetivamente falando, estou ciente de que beisebol não é somente o Giants.

Ainda estava recente a altercação que tivemos por conta desse time. Desde então, tanto eu quanto ele nos tornamos muito cautelosos ao falar de beisebol.

— Há muitas espécies de cogumelos.

— Ah...

— Por exemplo, há o *shimeji* violeta, que se consome frito com molho de soja tão logo é colhido. Um regalo.

— Ah...

— A espécie *iguchi* é muito aromática.

— Ah...

Do outro lado do balcão, o dono veio colocar o nariz em nossa conversa.

— O senhor conhece bem sobre cogumelos, pelo visto.

O professor assentiu levemente com a cabeça. Nem tanto, ele declarou, mas seu aspecto denotava justamente o contrário.

— Nesta estação do ano nunca deixo de ir colher cogumelos — afirmou o dono, alongando o pescoço. Como um pássaro aproximando o bico para passar comida aos filhotes, ele achegou a ponta do nariz de nossos rostos.

— Ah... — disse o professor em um tom ambíguo, o mesmo que eu costumava usar.

— Freguês, se gosta tanto assim, que tal me acompanhar à colheita de cogumelos deste ano?

O professor e eu nos entreolhamos. Praticamente um a cada dois dias vínhamos a este bar, mas o dono jamais nos tratara como clientes habituais ou conversara conosco mais familiarmente. É o estilo do estabelecimento tratar cada cliente como se estivesse vindo pela primeira vez. Eis que o dono de repente nos propõe a "acompanhá-lo".

— Aonde você costuma ir colher cogumelos? — perguntou o professor, e o homem alongou ainda mais o pescoço.

— Para os lados de Tochigi — respondeu. Eu e o professor novamente nos entreolhamos. O dono aguardava uma resposta, sempre com o pescoço esticado. Perguntei

"O que acha?", ao mesmo tempo em que o professor respondia "Vamos". Acabamos assim decidindo ir a Tochigi colher cogumelos, de carona com o dono.

Sou uma completa leiga no tocante a automóveis. E o professor certamente não fica atrás. O carro do dono era branco e tinha o formato de uma caixa. Não é desses veículos aerodinâmicos vistos com frequência pelas ruas atualmente. Um carro velho e quadrangular, simples e robusto, desses muito comuns há mais de dez anos.

Encontro em frente ao bar às seis da manhã do domingo. Como fora combinado assim, programei o despertador para as cinco e meia, lavei rapidamente o rosto e saí carregando uma mochila cheirando a mofo, retirada na noite anterior do fundo do armário. Em meio ao ar matinal, o som da chave ao fechar a porta da frente soou extremamente alto. Não parei de bocejar até chegar ao local do encontro.

O professor já havia chegado. Estava de pé, bem aprumado, e carregava a valise de sempre. O porta-malas do carro estava completamente aberto. O dono do bar tinha a metade superior do corpo enfiada no interior.

— Esses são instrumentos para colher cogumelos? — perguntou o professor.

— Não, não — respondeu o dono sem alterar sua posição. — Vou levar para meu primo de Tochigi. — Sua voz soou do fundo do porta-malas.

As coisas que ele dizia levar para o primo de Tochigi eram vários sacos de papel e um embrulho quadrado e comprido. Eu e o professor espiamos por sobre os ombros do dono. Um corvo gralhou no alto de um poste. *Caa, aa.* Uma voz bem apropriada a essa ave. Mais do que durante o dia, seu grasnar parecia bem comedido.

— Estes são biscoitos de arroz Kusaka e algas de Asakusa — declarou o dono, apontando para os sacos de papel.

— Ah... — replicamos eu e o professor em uníssono.

— E aqui temos saquê. — Apontou para um pacote longo.

— É mesmo? — replicou o professor, colocando sua valise direto no chão. Eu permanecia calada.

— Meu primo adora o Sawanoi.

— Eu também gosto muito.

— Que ótimo. O saquê de nosso bar é de Tochigi.

O dono se mostrava mais descontraído do que quando estava no bar. Parecia também dez anos mais jovem. Vamos, entrem! Ele colocou metade do corpo no assento do motorista e deu a partida. Quando o motor ligou, afastou o corpo do assento e foi fechar o porta-malas. Depois de se certificar de que eu e o professor estávamos bem acomodados no banco traseiro, deu uma volta inteira ao redor do carro, fumou um cigarro de pé, instalou-se ao volante, apertou firme o cinto de segurança e pisou lentamente no acelerador.

— Agradeço-lhe pelo trabalho de nos levar hoje até lá — disse o professor, do banco traseiro.

— Vamos, nada de formalismos — riu o dono, voltando a cabeça. Ele tem um sorriso simpático. Porém, apesar de virado bem para trás, pisou no acelerador e o carro avançou lentamente.

— Talvez fosse melhor... em frente — disse baixinho, e o dono alongou o pescoço em minha direção perguntando

"O quê?". Não parecia ter nenhuma intenção de olhar adiante. Continuava virado me observando. O carro continuava a avançar como se deslizasse.

— Não é perigoso? Em frente?
— Em frente, em frente.

Eu e o professor gritamos ao mesmo tempo. O carro avançava perigosamente em direção a um poste.

— Quê? — Ao mesmo tempo em que o dono retornava a cabeça adiante, virou o volante para evitar por um triz o poste. Eu e o professor suspiramos profundamente.

— Não se preocupem — acalmou o dono, acelerando.

Não compreendia como eu teria ido parar dentro de um carro desconhecido e tão cedo de manhã. Também ignoro o que seria exatamente uma colheita de cogumelos. Eu me sentia como se continuasse a me embebedar. E nessa condição o carro continuou aumentando a velocidade.

Devo ter cochilado por instantes. Ao acordar, o carro rodava por um caminho na montanha. Estive acordada até sairmos da autoestrada e entrarmos numa dessas estradas vicinais, *Line* alguma coisa. Conversamos entremeando vários assuntos: o professor ensinara japonês no passado, eu era sua aluna, minhas notas não eram nenhuma maravilha, o dono do bar chamava-se Satoru e na montanha para onde nos dirigíamos havia muitos cogumelos da espécie *modashi*. Até pensávamos em falar mais sobre esse tipo de cogumelo ou sobre a severidade das aulas do professor, mas como Satoru a cada vez virava-se rapidamente para trás, eu e o professor tomávamos cuidado para não nos empolgarmos com a conversa.

O carro subia suavemente o caminho da montanha. Satoru fechou sua janela até então completamente aberta. Eu e o professor o imitamos, fechando também as janelas de trás. Fazia um frio leve. Ouvia-se de dentro da montanha o trinado límpido dos pássaros. Pouco a pouco a estrada se estreitou.

Chegamos a uma bifurcação. Um dos caminhos era asfaltado, o outro de barro. Depois de rodar alguns metros pelo caminho de terra, o carro parou. Satoru desceu e se pôs a caminhar em frente. Eu e o professor o olhávamos, sempre sentados no banco traseiro.

— Aonde ele foi? — perguntei, e o professor inclinou a cabeça. Ao abrir a janela, o ar frio da montanha adentrou. O trinado dos pássaros se aproximara. O sol brilhava bem alto. Passava das nove horas.

— Tsukiko, acha que poderíamos voltar? — perguntou de súbito o professor.

— Como?

— Começo a sentir como se nunca mais fossemos retornar.

Não fale isso nem brincando. Eu repliquei, e o professor riu. Em seguida, ele se calou e observou o espelho retrovisor.

— O senhor deve estar cansado, não? — Eu prossegui, mas ele meneou a cabeça negativamente.

— Absolutamente. Nem um pouco.

— Podemos voltar daqui, professor.

— E como faríamos isso?

— Bem...
— Vamos seguir juntos em frente. Até o fim.
— Como?

Estaria o professor se divertindo um pouco às minhas custas? Espiei discretamente sua fisionomia, mas permanecia inalterada. Demonstrava um aspecto tranquilo e sereno. Suas costas estavam retas e a valise a seu lado. Enquanto eu conjecturava, Satoru desceu o aclive acompanhado de alguém.

O homem era um sósia dele. Os dois abriram o porta-malas e descarregaram rapidamente os pacotes. Quando pensamos que haviam ido embora, apareceram de volta e se puseram ao mesmo tempo a fumar os dois ao lado do carro.

— Bom dia aí, pessoal — o sósia disse, acomodando-se no banco do passageiro.

— Este aqui é meu primo Toru — apresentou Satoru. Os dois se parecem em tudo. Mesmo formato do rosto, expressão, compleição e até o ar que expiram, exatamente iguais.

— Toru, você parece gostar de Sawanoi — comentou o professor, e o homem girou o corpo para trás sem desafivelar o cinto de segurança.

— Isso mesmo — respondeu exultante.

— Mesmo assim o saquê de Tochigi é ainda melhor — prosseguiram, ambos se virando num movimento firme e num mesmo ângulo em nossa direção. O carro começou a subir pelo caminho da montanha. Ao mesmo tempo em que eu e o professor gritávamos, o carro tirava um fino da guia de proteção do acostamento.

— Seu idiota — exclamou Toru, em um tom calmo. Satoru girou o volante rindo. Eu e o professor voltamos a suspirar. Do fundo do bosque ouvimos o trinado indistinto de um pássaro.

— O professor vai subir a montanha vestido desse jeito?

O carro rodava havia trinta minutos após Toru ter subido nele, quando Satoru o parou e desligou o motor. Satoru, Toru e eu estávamos de jeans e calçados esportivos. Descendo do carro, os dois giraram e alongaram os joelhos algumas vezes. Eu os imitei. Apenas o professor continuava de pé, imóvel como uma pilastra. Ele vestia calças e paletó em tweed e calçava sapatos de couro. Apesar do tecido usado, pareciam ter excelente acabamento.

— Vai se sujar — prosseguiu Toru.

— Não tem importância — replicou o professor, passando a valise da mão direita para a esquerda.

— Quer deixar a valise aqui? — sugeriu Satoru.

— Não há necessidade — respondeu o professor tranquilamente.

Começamos então a subir uma trilha dentro do bosque. Os dois homens carregavam mochilas parecidas. Eram um pouco maiores do que a minha, próprias a escaladas de montanha. Toru caminhava à frente, Satoru vinha por último.

— A subida é mais íngreme do que possa parecer — declarou Satoru atrás de nós.

— É... realmente é — respondi, e da frente Toru sugeriu, com voz idêntica a do primo:

— Vamos subir devagar, bem devagar.

Por vezes ouvia-se um *tarararara tarararara*. O professor praticamente mantinha o mesmo fôlego e subia pisando o caminho sempre com velocidade constante. Eu arfava cada vez mais. O *tarararara tarararara* tornava-se mais frequente.

— Aquilo é um cuco? — perguntou o professor. Toru voltou a cabeça e respondeu:

— Não, é um pica-pau. O professor parece conhecer bem sobre cucos — replicou. — É o som do pica-pau batendo com o bico no tronco de uma árvore para comer os insetos.

— Um pássaro muito barulhento — retorquiu Satoru atrás de nós, rindo.

A trilha tornou-se cada vez mais íngreme. Era da largura de um caminho usado por animais silvestres. Em ambos os lados, medravam ervas outonais que acariciavam nossos rostos e braços na medida em que avançávamos na caminhada. No sopé da montanha, as árvores ainda não haviam começado a exibir suas cores outonais, mas ao nosso redor a maior parte das folhas já se tingia de vermelho e amarelo. Comecei a transpirar, apesar do ar frio. Isso porque em geral não faço exercícios físicos. Olhei o professor, que subia ágil, carregando sua valise em uma mão e com aspecto indiferente.

— O senhor tem o hábito de fazer caminhadas nas montanhas?

— Tsukiko, um passeio como este não merece nem ser chamado de caminhada.

— Ah...

— Ouça. É novamente o som do pica-pau comendo insetos.

Apesar de ele ter me mandado ouvir, eu apenas continuava a caminhar cabisbaixa. Toru — talvez Satoru, pois com a cabeça baixa não discernia de onde vinha a voz — elogiou-o dizendo: "Professor, que energia o senhor tem", e Satoru — ou provavelmente Toru — me incentivou dizendo: "Tsukiko, você é bem mais jovem do que o professor. Vamos, força!" Tive a impressão de que o caminho nunca chegaria ao fim. No intervalo do *tarararara*, mesclavam-se os trinados de *tchitchitchi*, *ryuryuryu* e *crucrucru*.

— Já estamos quase lá, não? — perguntou Toru.

— Com certeza era por aqui — Satoru respondeu.

Toru de súbito se afastou do caminho. Caminhava cada vez mais para um local sem absolutamente nada, nem sinal de pegadas. Ao nos afastarmos da trilha, o ar parecia haver de súbito adensado.

— Com certeza há por aqui, olhem bem para baixo — recomendou Toru, voltando-se em nossa direção.

— Cuidado para não esmagá-los — prosseguiu Satoru, que vinha atrás de nós.

O solo estava bastante úmido. Conforme caminhávamos, a erva do caminho se fazia mais rara e em seu lugar as árvores se aglomeravam. O declive se suavizava e a falta de ervas para atrapalhar os pés facilitava a caminhada.

— Há algo aqui — gritou o professor. Toru e Satoru se aproximaram lentamente dele.

— Que raridade — exclamou Toru, agachando-se.

— Não é um cogumelo parasita? — perguntou o professor.

— E o bicho ainda está grande, não?

— Deve ser a larva de algum inseto.

A discussão parecia não ter fim. Cogumelo parasita? Indaguei baixinho, e com um galho seco o professor escreveu bem grande no chão os quatro ideogramas que formam a palavra "cogumelo parasita": inverno, inseto, verão, erva.

— Tsukiko, pelo visto você tampouco ouvia com atenção as aulas de biologia. — Foi o sermão que recebi do professor.

Esse tipo de coisa não se aprende nas aulas. Revidei irritada, e Toru desatou a rir.

— Na escola não nos ensinam o mais importante — concluiu ele rindo. Com uma boa postura o professor ouvia a voz sorridente de Toru e, por fim, afirmou calmamente:

— Basta ter determinação para que o ser humano aprenda muitas coisas em qualquer lugar.

— Seu professor é realmente uma figura — declarou Toru e riu por um tempo. O professor retirou da valise um saco de vinil e, após colocar delicadamente dentro dele o cogumelo, o fechou. Em seguida, o guardou na valise.

— Então, vamos mais para dentro. Não tem graça vir até aqui e não colher o bastante para se enfastiar — propôs Satoru, avançando por entre as árvores. Saímos da formação em fila indiana e cada qual caminhava olhando para os próprios pés. A silhueta do professor em seu terno de tweed se confundia com as árvores, provocando um efeito de mimetismo. Apesar de ele estar bem diante de meus olhos, bastava afastar por instantes o olhar para perdê-lo de vista. Quando, surpresa, me punha a procurá-lo, eis que estava de pé bem do meu lado.

— Ah, o senhor estava aí — exclamei quase o chamando, e ele replicou com uma voz misteriosa:

— Não vou a lugar nenhum. Ho ho ho ho ho. — O professor dentro do bosque parecia totalmente diferente daquele a que eu me acostumara. Assumia ares de um ser vivo que há muito habitava ali.

— Professor — novamente eu disse em tom de chamada. Sentia-me desanimada.

— Tsukiko, já não lhe disse que estarei sempre junto a você?

Mesmo afirmando permanecer junto, certamente o professor seguirá em frente me deixando para trás. Tsukiko, você é muito relaxada. Falta-lhe a perseverança normal. Dizendo isso, o professor sempre acabava avançando sozinho.

Ouve-se de bem perto o *tarararara*. O professor acabou entrando por entre as árvores. Segui vagamente com o olhar sua silhueta de costas. Por que é mesmo que estávamos em um lugar como este?, pensei. O tweed do professor dissimulava-se em meio às árvores. A voz de Satoru se fez ouvir do fundo do bosque dizendo:

— Olhem, são *hitoyomodashi*. Há uma profusão deles. Em maior número do que no ano passado. — A voz entusiasmada de Satoru (talvez Toru) se ouvia do fundo do bosque.

Colheita de cogumelos – 2

Eu contemplava o céu. Estava sentada em um grande tronco cortado. Satoru, Toru e o professor se embrenharam cada vez mais fundo no bosque. Daquele lugar o *tarararara* soava bem distante. No lugar dele, ouvia-se um *rururururu* agudo. O local estava completamente úmido. Não somente o solo estava umedecido, mas também as folhas das árvores, as ervas, os fungos, os inúmeros micro-organismos no interior do solo, os insetos planos nele se arrastando e os de asas flutuando pelo ar, os pássaros parados nos galhos e o vigor dos animais maiores vivendo bem no fundo do bosque pareciam preencher o ar.

Viam-se somente fragmentos do céu. Ele transpunha as copas das árvores que davam forma ao bosque. As copas pareciam as malhas de uma rede a cobrir o céu. Quando os olhos se acostumam à penumbra, percebem-se existências diversas por entre as ervas do chão. Um minúsculo cogumelo laranja. Musgo. Algo parecido com uma folha branca e áspera. Seria um tipo de bolor? Um besouro morto. Várias espécies de formigas. Centopeias. Mariposas pousadas no verso das folhas.

Era estranho estar cercada de tantas criaturas vivas. Na cidade estou sempre só, por vezes com o professor, e julgava que somente essa realidade existia. Apenas criaturas grandes vivem nas cidades. Era o que eu imaginava. Porém, mesmo na cidade, ao prestar atenção, certamente se está cercado de muitos seres vivos. Não havia algo como existir apenas nós dois, eu e o professor. Mas mesmo quando estava no bar, eu tinha sempre olhos apenas para ele. Satoru também estava lá. E muitos clientes que eu conhecia de vista. Apesar disso, eu não reconhecia nenhum deles como pessoas realmente vivas. Nunca parei para pensar que eles viviam e, assim como eu, se entregavam ao passar das variadas horas.

Toru voltou.

— Tsukiko, está tudo bem aí? — perguntou, mostrando-me as mãos cheias de cogumelos.

— Tudo ótimo. Estou bem — respondi.

— Então, deveria ter vindo conosco — redarguiu Toru.

— Tsukiko é uma pessoa um pouco sentimental. — A voz do professor se fez ouvir de repente e ele logo apareceu como por encanto da sombra de uma árvore atrás de mim. Talvez pelo mimetismo de suas roupas ou pelo andar leve, eu até então não notara sua presença.

— Certamente estava sentada sozinha, entregue a seus pensamentos — prosseguiu o professor. Aqui e ali via-se folhas mortas pregadas em seu terno de tweed.

— Seria o que se costuma chamar de sentimentalismo de uma jovem? — perguntou Toru com uma gargalhada.

— Sem dúvida, sou jovem — respondi com voz límpida.

— Jovem Tsukiko, poderia nos ajudar nos preparativos do guizado? — perguntou Toru, tirando de dentro da mochila de Satoru uma caçarola de alumínio e um fogareiro portátil.

— Pegue água, por favor — pediram, e eu me levantei às pressas. Informaram que havia uma fonte um pouco mais acima e, ao subir, a água estava brotando como se exsudasse de entre as rochas. Peguei a água na palma da mão e a levei à boca. Estava gélida. Porém, leve. Repeti o mesmo gesto inúmeras vezes.

— Vamos, experimente comer — sugeriu Satoru ao professor, que sorveu a sopa de cogumelos sentado ereto sobre os calcanhares em um jornal estendido ao solo.

Os cogumelos colhidos foram manuseados com destreza por Satoru e Toru. Este último os limpava da terra e lama, enquanto seu primo os frigia ligeiramente em uma pequena frigideira que trouxeram, os pequenos por inteiro e os grandes após serem cortados em pedacinhos. Os cogumelos fritos eram colocados dessa forma dentro da água previamente aquecida de uma caçarola e cozidos por algum tempo após misturarem pasta de soja.

— Estudei um pouco ontem à noite — declarou o professor, soprando sobre a tigela de alumínio que segurava com ambas as mãos, semelhante aos utensílios da merenda escolar de antigamente.

— Estudou? Faz realmente jus ao título de professor — replicou Toru, sorvendo com vigor a sopa.

— Ao contrário do que se imagina, os cogumelos venenosos são numerosos — explicou ele, segurando com os hashi um pedaço de cogumelo e levando-o à boca.

— Bem, tem razão — concordou Satoru, que acabara de terminar a primeira tigela e se servia uma segunda.

— Ninguém põe na boca aqueles com aparência realmente venenosa.

— Professor, pare de dizer essas coisas enquanto estamos comendo.

Mesmo lhe pedindo, ele fez pouco-caso. Como sempre.

— Porém, existem cogumelos como o *matsutake* que é idêntico ao *kaki shimeji* ou o *shitsukiyotake*, exatamente igual ao *shiitake*. É complicado.

Satoru e Toru desataram a rir com o ar de gravidade do professor.

— Professor, há décadas colhemos cogumelos e nunca pegamos nenhum tão estranho como esses aos quais o senhor se referiu.

Devolvi ao utensílio de alumínio meus hashi, e permaneci por um instante reticente. Ergui os olhos em direção a Satoru e Toru para confirmar se eles não teriam percebido minha hesitação, mas eles pareciam não ter desconfiado.

— Na realidade, a mulher que foi minha esposa comeu uma vez cogumelos alucinógenos — encetou o professor, e os dois primos voltaram as atenções para ele.

— Que negócio é esse de "mulher que foi minha esposa"?

— Significa a esposa que há cerca de quinze anos fugiu de mim — declarou em seu costumeiro tom grave.

Como?, exclamei surpresa. Eu pensava que a esposa do professor tivesse morrido. Imaginei que os dois homens fossem também se surpreender, mas suas expressões mantinham-se inalteradas. Sorvendo a sopa de cogumelos, o professor nos contou o seguinte.

Eu e minha esposa costumávamos fazer caminhadas frequentes. Creio que fomos de trem a praticamente todas as regiões de baixas montanhas nos arredores, a algumas horas de distância. Nos domingos, bem cedo pela manhã, pegávamos o trem ainda vazio, levando o lanche preparado por minha esposa. Ela adorava ler um livro intitulado *O prazer das caminhadas de curta distância*. Na capa havia a foto de uma mulher apoiando-se em uma bengala, com uma pena de pássaro ornamentando seu chapéu, calças curtas esportivas e sapatos de alpinista de couro. Minha esposa saía para o passeio vestida com roupas em tudo idênticas às da mulher da foto, até mesmo a bengala. Eu tentava convencê-la de que não havia necessidade de uma aparência tão esportiva por se tratar de mera caminhada, mas ela não me dava atenção, afirmando que "a forma é importante desde o início". Mesmo em trajetos onde todos os andarilhos calçavam sandálias de borracha, ela nunca mudava sua indumentária. Era uma pessoa obstinada.

Na época, nosso filho devia estar na escola elementar. Íamos sempre os três fazer caminhadas juntos. Foi justamente nesta mesma estação do ano de agora. Depois das chuvas contínuas, as montanhas se cobriam de cores outonais, mas muitas das folhas coloridas jaziam espalhadas no chão, derrubadas pela chuva. Eu caminhava usando sapatos esportivos e por duas vezes escorreguei o pé na lama e caí. Minha esposa avançava tranquilamente em seus sapatos de alpinista. Apesar de me ver cair várias vezes, nunca se dirigiu a mim dizendo "viu, eu falei", ou algo do gênero. Apesar de obstinada, não era do tipo irônico ou zombeteiro.

Depois de andarmos por algum tempo, paramos para descansar e comemos cada um duas rodelas de limão conservadas em mel. Nunca fui fã de coisas ácidas, mas não me opunha à insistência de minha esposa de que limão com mel era algo imprescindível quando se está na montanha. Mesmo que o fizesse, ela certamente não se zangaria, mas assim como uma marola pode avançar até chegar a um local afastado na forma de uma enorme onda, sua cólera se acumularia sutilmente e poderia provocar efeitos inimagináveis na vida cotidiana. A vida conjugal deve ser algo parecido com isso.

Meu filho era ainda mais averso ao limão do que eu. Depois de colocá-lo na boca, levantou-se e caminhou em direção a alguns arbustos. Recolheu sem parar folhas mortas do chão. Que rapaz sensível é ele, pensei, e quando me aproximei para, imitando-o, coletar eu também algumas delas, notei que ele abria discretamente um buraco no chão. Cavou raso às pressas e, cuspindo rapidamente o limão de dentro da boca, mais do que depressa cobriu o buraco de terra. Ele devia realmente odiar limões. Não era do tipo de criança displicente com comida. Minha esposa o educou bem.

— Você os detesta a esse ponto? — perguntei, e ele se espantou. Calado, assentiu com a cabeça. — Eu também não suporto — confessei, e ele sorriu aliviado. O sorriso dele é bem parecido ao da mãe. Mesmo hoje, se assemelha bastante. A propósito, meu filho está quase chegando aos cinquenta anos, idade de minha esposa quando desapareceu.

Quando eu e meu filho estávamos rapidamente recolhendo as folhas mortas, minha esposa chegou até nós. Apesar de grossos, seus sapatos de montanha não emitiam ruídos. Levamos um susto quando ela nos chamou por detrás de nós. Olhem, encontrei cogumelos do riso.[3] Ela balbuciou discretamente em nossas orelhas.

Com nós quatro comendo, a sopa de cogumelos aparentemente volumosa acabou num piscar de olhos. A mistura de muitas espécies de cogumelos dava-lhe um sabor inigualável. Foi o professor quem se serviu desse adjetivo. No meio da conversa, ele disse de repente:

— Satoru, é um aroma inigualável.

— O senhor diz coisas bem próprias a um docente — disse Satoru e, virando os olhos para ele, o instigou a continuar a narrativa. — E o que aconteceu com os cogumelos? — perguntou.

E Toru acrescentou:

— Ela percebeu bem se tratar de cogumelos do riso.

Além de *O prazer das caminhadas de curta distância*, minha esposa também gostava de ler a *Enciclopédia de cogumelos*, parecida com um pequeno dicionário. Sempre que saíamos para caminhadas na montanha, esses dois livros estavam presentes em sua mochila. Nesse dia, ela abriu a enciclopédia na página do cogumelo do riso e não cansava

---

3. *Panaeolus papilionaceus*. Cogumelo delgado e de tamanho reduzido, com substância psicoativa que produz efeitos alucinógenos agradáveis, como riso imotivado e incontrolável, euforia, sensação de bem-estar, etc. [N.T.]

de repetir "É ele, não? Não há dúvidas, é este, o mesmo cogumelo".

— E sabendo disso agora, o que pretende fazer? — perguntei, e ela me respondeu:

— É óbvio que vamos comê-los.

— Mas e se forem venenosos? — revidei e quase simultaneamente meu filho gritou: "Mãe, desista deles, por favor." Ela enfiou na boca o chapéu do cogumelo, sem se dar ao trabalho de remover o pouco de sujeira que o cobria. Declarando ser difícil comê-lo cru, colocou também na boca a conserva de limão ao mel. Desde então, eu e meu filho nunca mais comemos essa conserva.

Depois disso foi uma grande confusão. De início, meu filho começou a chorar.

— Mamãe, você vai morrer — berrava aos prantos.

—Ninguém morre comendo cogumelos do riso. — Minha esposa consolava nosso filho, mantendo a calma.

De qualquer forma, puxei à força minha esposa, que relutava em descer a montanha para ir a um hospital, começando a trilhar de volta o caminho por onde viéramos.

Os sintomas começaram a se manifestar quando já estávamos próximos ao sopé. Mesmo uma quantidade pequena provoca reações, declarou mais tarde, tranquilamente, o médico do hospital, mas eu senti que os efeitos eram bastante visíveis.

Minha esposa, até então de posse de suas faculdades, começou a emitir sons semelhantes a uivos, de início espaçados, mas logo passando a ininterruptos, e os acessos de "riso" começaram. Não se tratava de um riso prazeroso de alegria. Era uma voz de alguém procurando reprimir um riso que lhe assoma, mas o corpo não sendo capaz, finalmente reage e o libera, enquanto a mente se esforça em contê-lo. A voz semelhante ao riso irrazoável causado pelo humor negro.

Meu filho se apavorava, eu me impacientava, minha esposa tinha os olhos rasos d'água e não cessava de rir.

— Esse riso não para mais? — perguntei, e com a respiração entrecortada ela respondeu, parecendo sofrer mas rindo ininterruptamente:

— Não consigo parar. Minha garganta, rosto e peito não me obedecem. — Por que essa pessoa que era minha mulher sempre provocava esses transtornos? A bem da verdade, não me agradava muito sair para essas caminhadas praticamente toda semana. A meu filho tampouco. Ele estaria mais feliz se pudesse permanecer calmamente em casa armando plastimodelos, pescando no córrego próximo ou fazendo qualquer outra coisa. Mesmo assim, meu filho e eu a obedecíamos, acordávamos bem cedo e, atendendo às orientações dela, percorríamos as regiões montanhosas da região. Não contente com isso, minha esposa ainda tinha que comer cogumelos alucinógenos!

Mesmo recebendo tratamento no hospital, seus sintomas não se alteraram, pois, segundo o médico explicou de um jeito tranquilo, uma vez tendo o veneno do cogumelo penetrado na corrente sanguínea, pouco havia a fazer. Por fim, minha esposa continuou rindo até a noite daquele dia. Voltamos para casa de táxi, coloquei meu filho sob as cobertas e ele, cansado de chorar, logo acabou dormindo, e, enquanto olhava de soslaio minha mulher rindo sozinha na sala de estar, preparei um chá bem forte. Ela o bebeu rindo, e eu o tomei furioso.

Quando finalmente os sintomas se dissiparam e ela retornou a seu estado normal, eu lhe passei um sermão. Reflita bem sobre todo o transtorno que causou hoje às pessoas. Foi certamente uma grande reprimenda. Era como se eu ralhasse com um de meus alunos. Ela ouvia cabisbaixa. Assentia a cada uma de minhas palavras. Perdoe-me, repetiu inúmeras vezes. Por fim, disse bem do fundo de si:

— Viver é causar transtornos às pessoas.

— Eu não causo transtornos a ninguém. Você, sim. Não generalize algo que lhe é particular — repliquei enraivecido. Ela voltou a abaixar a cabeça.

Quando ela fugiu, mais de dez anos depois, foi essa postura dela, cabisbaixa, que me aflorou nitidamente à mente. Ela era uma pessoa problemática, mas eu não sou muito diferente dela. Sempre acreditei em alma gêmea, alguém como uma tampa que se encaixa perfeitamente em uma panela quebrada. Eu provavelmente não me tornei a tampa que minha esposa merecia.

— Professor, vamos beber? — Toru retirou da mochila a garrafa de Sawanoi. Continha 720 ml. A sopa de cogumelos acabara por completo, mas como num passe de mágica Toru tirou várias coisas da mochila. Cogumelos secos. Biscoitos de arroz. Lula defumada. Tomates inteiros. Bonito seco ralado.

— Que banquete! — exclamou Toru. Os dois primos despejaram o saquê nos copos de papel e o beberam a grandes tragos, mordiscando em seguida os tomates.

— Quando se come tomate, não se embriaga tanto — recomendaram e continuaram a beber.

COLHEITA DE COGUMELOS – 2

— Professor, não haverá problemas para dirigir o carro? — indaguei baixinho.

— Pelos meus cálculos, é pouco menos de 200 ml por cabeça, não deve causar transtorno — respondeu ele.

Meu estômago, já aquecido pela sopa de cogumelos, esquentou-se ainda mais com a bebida. Os tomates estavam deliciosos.

Dei uma dentada em um tomate inteiro, sem pôr sal. Aparentemente, eles são cultivados no jardim da casa de Toru. Apesar do cálculo do professor, Toru retirou uma nova garrafa da mochila, o que acabou perfazendo cerca de 400 ml por pessoa.

Ouvimos mais um *tarararara*. Por vezes, um inseto se embrenhava por baixo do jornal estendido. Podia-se sentir seu movimento através do papel. Vários besouros e insetos grandes, voando e zumbindo, apareceram e estacionaram. Muitos deles enxameavam a lula defumada e o saquê. Toru bebia e comia sem se dar ao trabalho de espantá-los.

— Você acabou de comer junto um inseto — advertiu o professor, e Toru, impassível, respondeu:

— Estava delicioso.

Os cogumelos desidratados não estavam tão ressequidos como os *shiitake* secos. Conservavam ainda certo grau de umidade. A aparência era de carne defumada. Perguntei que tipo de cogumelo era e Satoru, com o rosto já vermelho, respondeu chamar-se *benitengutake*.

— Não é venenoso? — indagou o professor.

— Professor, o senhor consultou a tal *Enciclopédia dos cogumelos?* — revidou Toru, todo sorridente. Em vez de responder, o professor tirou o livro da valise. Estava muito usado

71

e velho. Na capa aparecia um cogumelo com ar de *benitengutake*, de enorme chapéu salpicado de pontos vermelhos.

— Toru, você conhece esta história?

— Que história?

— Tem relação com a Sibéria.

No passado, antes de partir para a batalha, os chefes das tribos dos planaltos siberianos comiam *benitengutake*. Isso porque esse cogumelo possui substâncias que provocam uma condição de delírio. Uma vez tendo-o comido, sobrevém um estado de excitação e ferocidade, e essa enorme força, que em geral surge apenas momentaneamente, acaba perdurando por várias horas. Depois de o chefe comer o cogumelo, seu subordinado imediato bebia a urina dele. E o homem no posto imediatamente inferior bebia a urina desse subordinado. Isso se repetia em sucessão para que a substância do cogumelo se espalhasse pelo corpo de todos os membros da tribo.

— Após o último deles ter bebido, eles partiam para o embate — concluiu o professor.

— Essa *Enciclopédia dos cogumelos* é um livro ú... útil — disse Satoru, soltando um riso esganiçado. Cortou o cogumelo seco em fatias finas e chupou uma delas.

— Comam vocês dois também. — Toru colocou em nossas mãos os pedaços de cogumelo seco. O professor os observava amiúde. Eu os cheirei meio ressabiada. Os dois primos gargalhavam sem razão. Toru começou a dizer "Bem, hum...", e Satoru soltou nova risada. Quando conseguiu se conter, foi a vez de Satoru dizer "Hum, bem..." e dar uma gargalhada. Diziam "Bem, hum..." e "Hum, bem..." e ao mesmo tempo escarcanhavam-se.

A temperatura subira um pouco. Apesar de o inverno estar bem próximo, as ervas no entorno das árvores estavam repletas de uma umidade morna. O professor bebia lentamente o saquê. No intervalo entre goles, chupava o cogumelo.

— Não tem perigo de ser um cogumelo venenoso? — perguntei, e o professor sorriu.

— Ignoro totalmente — confessou algo parecido, mostrando o rosto sorridente.

Toru, Satoru, este é realmente um *benitengutake*?
Nem brinque. Lógico que não.
É sim. É um verdadeiro *benitengutake*.

Toru e Satoru responderam simultaneamente. Impossível distinguir quem deu uma ou outra resposta. O professor riu. Chupou lentamente o cogumelo.

— Uma panela quebrada — o professor disse cerrando os olhos. Quando lhe pergunto a que se refere, repete "uma tampa em uma panela quebrada". — Tsukiko, coma você também o cogumelo. — Ele me ordena em tom professoral. Timidamente lambi o cogumelo, mas só senti gosto de poeira. Os dois primos riram. O professor sorriu, contemplando a distância. Desesperada, coloquei o cogumelo seco na boca e mastiguei inúmeras vezes.

Continuamos a beber assim por cerca de uma hora, sem nenhum sintoma em particular. Juntamos nossas coisas e voltamos pelo caminho que viéramos. Conforme andava, sentia vontade de rir e de chorar. Provavelmente por eu estar bêbada. Já não estava mais segura por onde eu caminhava. Certamente em razão da embriaguez. Toru e Satoru avançavam com a mesma forma de andar de costas. Eu e o professor ríamos, lado a lado.

— Professor, o senhor ainda ama sua esposa que fugiu? — eu balbuciei, e a risada do professor se elevou.

— Minha esposa continua a ter uma presença imensurável — ele afirmou com o rosto um pouco grave, para logo depois novamente começar a rir. Ao meu redor, toda uma enorme quantidade de seres vivos zumbia. Era incapaz de imaginar o porquê de estar caminhando por aquele lugar.

Ano-novo

Cometi um erro.

A lâmpada fluorescente da cozinha queimou. Seu comprimento é de mais de um metro. Trouxe uma cadeira alta e estiquei o corpo para retirá-la. Apesar de estar certa de ter aprendido como desencaixá-la quando queimou anteriormente, alguns anos se passaram desde a última vez, e eu me esquecera por completo.

Empurrava, puxava, mas era incapaz de soltá-la. Tentei desatarraxar o suporte com uma chave de fenda, mas estava estruturado de forma a não ser retirado, com fios vermelhos e azuis ligados ao teto.

Não me dando por vencida, puxei o suporte com toda força e ele acabou se quebrando. Os cacos do vidro da lâmpada se espalharam por todo o chão em frente à pia. Infelizmente eu estava descalça e, ao descer apressada da cadeira, feri a sola do pé. O sangue jorrou. O corte parecia mais profundo do que eu imaginara.

Assustada, fui me sentar no quarto vizinho e logo sofri uma tontura. Teria estado a ponto de desmaiar?

Tsukiko, apenas ver sangue já a deixa prestes a desfalecer? Você é muitíssimo delicada. Certamente o professor comentaria rindo. Porém, ele nunca vem a meu apartamento.

Sou eu quem por vezes o visita. Enquanto estava sentada, minhas pálpebras tornaram-se pesadas. Pensando bem, estava sem comer desde a manhã. Passara todo o meu dia de folga ociosamente, debaixo do futon. Isso sempre acontece quando volto da casa de minha família, onde passo o ano-novo.

A culpa é do retorno da casa agitada por minha mãe, irmão e esposa, sobrinhos e sobrinhas, os quais raramente visito apesar de vivermos no mesmo distrito. Não é por causa dos conselhos tardios que costumam me dar para me casar ou largar o emprego. Há muito deixei de sentir esse tipo de mal-estar familiar. O problema é que de alguma forma pareço me sentir insatisfeita. É como, por exemplo, quando você encomenda alguns vestidos de seu tamanho, mas, no momento em que os veste, um deles está curto demais, outro de tão longo arrasta a barra pelo chão. A surpresa faz você despir as roupas, mas, ao colocá-las em frente ao corpo, constata estarem todas exatamente do seu tamanho. É algo assim.

No dia 3 de janeiro meu irmão e a família partiram para apresentar seus cumprimentos de ano-novo à família de minha cunhada, e minha mãe fez para mim tofu cozido. Sempre adorei o jeito como ela o prepara. Em geral, as crianças detestam esse prato, mas desde antes de entrar para a escola elementar gostava muito do tofu que minha mãe cozinhava. Em uma pequena xícara, ela misturava shoyu com saquê e salpicava por cima aparas de bonito seco, esquentando-o, em seguida, juntamente com o tofu em uma panela de barro. Quando abria a tampa da panela, que estava bem quente, o vapor erguia-se espesso. Ela então, com o par de hashi, fracionava o tofu de textura densa, que fora esquentado por inteiro, sem cortes. Precisava ser do tipo vendido pelo fabricante de tofu da esquina. Ele reabrira a partir de 3 de janeiro. Minha mãe explicava, enquanto o cozinhava alegremente para mim.

Delicioso!, eu elogiava. Você adora tofu cozido desde pequena, não é?, minha mãe replicava com júbilo. Eu não consigo cozinhar assim de jeito nenhum. Isso é porque o tofu que você usa é diferente. Onde você mora certamente não há desse tipo para vender.

Chegando a esse ponto, minha mãe se calava. Eu também permanecia em silêncio. Comíamos mudas, passando os pedaços de tofu no molho de shoyu diluído em saquê. Ambas não emitíamos nenhum som. Não teríamos nada para conversar? Provavelmente haveria algo. De repente, não sabíamos o que falar. Apesar de estarmos próximas, justamente por isso não chegávamos uma a outra. Tentar forçar falar algo era como cair de cabeça em um precipício bem debaixo de meus pés.

Tsukiko, essa sensação deve ser a mesma que eu teria, por exemplo, se após alguns anos deparasse, por acaso, com minha esposa fugida. Mas será normal sentir isso apenas por voltar à casa da família no mesmo distrito? Você não estaria exagerando um pouco? Possivelmente o professor diria algo assim.

Eu e minha mãe parecemos ter temperamentos semelhantes. O professor afirmaria isso, mas mesmo assim eu e ela éramos incapazes de prosseguir em nossa conversa. Até a volta de meu irmão e da família dele, evitávamos nos olhar. O sol pálido da tarde do ano novo atravessava a varanda, indo banhar até os pés do aquecedor. Terminando de comer, levei para a cozinha a panela de barro, os pratos e os hashi e minha mãe começou a lavá-los.

— Quer que eu enxugue? — Eu me ofereci e ela assentiu com a cabeça. Ergueu levemente o rosto e deu um sorriso desajeitado. Eu também sorri enviesado. Depois disso, permanecemos as duas caladas, arrumando a louça.

Voltei para casa no dia quatro de janeiro. Passei praticamente dormindo os dois dias restantes até o reinício do trabalho no dia seis. Fui dominada por um sono diferente daquele de quando estava na casa de minha mãe. Era um sono permeado de uma infinidade de sonhos.

Depois de trabalhar dois dias, tive novo dia de descanso. Por não ter mais sono, passei o tempo preguiçosamente sob o futon. Coloquei ao alcance da mão o bule do chá que preparei e uma xícara, um livro e algumas revistas que, deitada ao comprido, folheava enquanto bebia o chá. Comi uma ou duas tangerinas. Debaixo do futon estava um pouco mais quente do que a temperatura de meu corpo. Não demorou para eu cochilar. Não dormi muito e voltei a passar os olhos pelas revistas. Com isso, acabei esquecendo de comer.

Sentada sobre o futon, sempre estendido como eu o deixara, apliquei um pedaço de papel higiênico sobre a ferida na sola do pé de onde escorria sangue e esperei até passar a vertigem. Meu campo visual transformara-se em uma tela de TV pouco antes de quebrar. Piscava vendo pontos cintilantes. Virei-me de lado e posicionei uma das mãos na região do coração. Havia um ligeiro descompasso entre os batimentos do coração e os do fluxo sanguíneo próximo ao ferimento.

Ainda estava claro quando a lâmpada queimou. Como as vertigens não passavam, ignorava se já era completamente noite ou se o sol ainda não se pusera.

Dentro da cesta ao lado do travesseiro as maçãs exalavam seu aroma. Sentia-se seu cheiro mais forte do que o usual no ar frio invernal. Lembrava vagamente de sempre descascar maçãs depois de cortá-las em quatro e de minha mãe me aconselhar a usar um facão para, girando-o em volta da fruta inteira, retirar sua casca. No passado, descasquei uma maçã para meu namorado. Cozinhar nunca foi meu forte e, mesmo que fosse, não seria de meu feitio preparar-lhe um lanche, ir até sua casa para lhe aprontar algum prato ou convidá-lo a vir jantar algo cozinhado por mim. Temia que agindo assim acabasse por cair em um impasse. Tampouco me agradava a ideia de meu namorado imaginar que eu conduzia as coisas de forma a colocá-lo contra a parede. Bastaria que eu não me importasse, mesmo surgindo esse impasse, mas eu não era capaz de simplesmente me conservar indiferente.

Meu namorado se espantou quando eu descasquei a maçã. Você também tira casca de maçãs. Ele comentou desse jeito. Por certo sei fazer algo tão simples. Lógico. Obviamente. Nós nos separamos algum tempo depois de termos essa conversa. Não foi algo decidido por um de nós. Apenas fomos deixando de nos telefonar. Não porque nos detestássemos. O tempo foi passando e acabamos perdendo o interesse em nos encontrarmos.

— Tsukiko Omachi, você é realmente insensível — uma amiga me disse. — Seu namorado me consultou várias vezes por telefone. Ele me perguntou o que você realmente achava dele. Por que não ligou para ele? Ele esperava um telefonema seu.

Minha amiga não desgrudava os olhos de mim. Por que ele não conversou diretamente comigo, preferindo pedir conselhos a uma de minhas amigas? Eu estava embasbacada. Era incapaz de compreender. Quando disse claramente o que pensava a minha amiga, ela suspirou.

— Enfim... — balbuciou. — Enfim, quando se está apaixonado isso é certamente algo inquietante. Você não se sentia assim?

Uma coisa não tem nada a ver com a outra. Se ele estava inquieto, deveria se abrir comigo, que sou a parte interessada. É completamente despropositado se aconselhar com uma amiga minha, uma pessoa de fora.

— Perdoe-me. Deve ter sido uma saia justa para você. Nós estávamos fora de sintonia.

Quando me desculpei, minha amiga suspirou ainda mais profundamente do que antes.

— Fora de sintonia? O que é isso? Que história é essa de sintonia?

Naquele momento já não via meu namorado havia três meses. Minha amiga até o final usou todo tipo de argumentos, mas eu estava quase totalmente alheia. Pensava com sinceridade que eu não deveria ser do tipo que se apaixona. Imaginava que se amar fosse aquela coisa frívola, preferiria não experimentar.

Apenas seis meses mais tarde, essa amiga se casou com meu ex-namorado.

As vertigens cessaram. Posso ver o teto. Embora a lâmpada deste quarto não esteja queimada, ainda está desligada. Lá fora anoiteceu. Um ar gélido é transmitido através da janela. Esfria rapidamente ao anoitecer. Como estou preguiçosamente no futon, recordo-me do tempo passado. Meu pé parou de sangrar. Apliquei um band-aid tamanho grande, calcei as meias e as sandálias, e limpei o chão em frente à pia.

Os fragmentos do vidro brilham tenuamente, refletindo a luz da lâmpada acesa no cômodo contíguo. Na realidade, eu amava muito meu namorado. Naquela época eu devia ter lhe telefonado. De fato, eu queria ligar. Porém, meu corpo enrijecia ao pensar na possível voz de indiferença do outro lado da linha. Ignorava que ele estaria pensando exatamente como eu. Quando tomei conhecimento, minha paixão já tomara uma estranha forma e acabara pressionada para o mais recôndito de meu coração. Compareci sem falta à cerimônia de casamento dele com minha amiga. Um dos convidados discursou dizendo: "parece um amor traçado pelo destino."

Um amor traçado pelo destino. A possibilidade de um amor semelhante em minha vida era uma em um milhão, pensei, enquanto escutava o discurso e admirava os noivos sentados sobre um palanque.

Senti vontade de comer uma maçã e peguei uma do cesto. Tentei descascá-la como minha mãe costuma fazer. No meio do caminho, a espiral da casca rompeu. Espantei-me ao sentir lágrimas brotando repentinamente. Não era uma cebola que eu cortava: chorava devido a uma maçã. Continuei chorando enquanto a comia. Em meio ao som da mastigação, ouvia o gotejar das lágrimas sobre a bancada de aço inoxidável da pia. Diante dela eu não sabia se comia ou se chorava.

Vesti um casaco grosso e saí de casa. Ele é felpudo e eu o uso há anos. Apesar de verde escuro e cheio de felpas, esquenta bem. Sempre me sinto friorenta depois de chorar. Terminando de comer a maçã, estava tiritando de frio no apartamento, mas logo me enfastiei. Escolhi uma calça de lã marrom e por cima vesti um suéter vermelho também desgastado pelos anos. Troquei as meias que calçava por um par grosso, botei as luvas e um par de sapatos esportivos de solado maciço, e saí.

Podiam-se ver nitidamente as três estrelas de Orion. Caminhei direto em frente. Conforme andava, meu corpo ia se esquentando ligeiramente. Um cão ladrou em algum lugar e instantaneamente lágrimas começaram a rolar de meus olhos. Em breve teria quarenta anos, mas continuava uma criança. À semelhança de uma criança, eu balançava largamente os braços ao caminhar. Ao encontrar uma lata vazia no caminho, eu a chutava. Pisei sobre o capim seco ao longo do caminho. Várias bicicletas vinham em minha direção do lado da estação. Quase dei um encontrão em uma delas, que estava com a lanterna apagada, e o ciclista se enfureceu. Mais uma vez as lágrimas escorreram lentamente. Tive vontade de sentar e chorar aos soluços. Mas estava frio, desisti.

Tornara-me uma completa criança. Permaneci de pé diante da parada de ônibus. Esperei dez minutos, mas nenhum apareceu. Consultei a tabela de horários: o último já havia passado. Senti-me ainda mais desanimada. Pisava cada pé alternadamente sem sair do lugar. O corpo não esquentava. Nesses momentos, um adulto saberia o que fazer para se aquecer. Como eu me tornara uma criança, desconhecia a forma de fazê-lo.

Caminhei assim em direção à estação. O caminho ao qual meus olhos estavam acostumados me era indiferente. Voltara aos tempos de infância, quando vadiava longo tempo após a escola e, com o sol já posto, o caminho de volta a casa parecia completamente diferente.

— Professor — eu balbuciei. — Professor, não sei o caminho de volta.

Mas ele não estava lá. Onde estará ele esta noite? Pensando bem, eu nunca lhe telefonei. Sempre nos encontrávamos por acaso e caminhávamos juntos casualmente. Eu o visitava de imprevisto e bebíamos saquê eventualmente. Houve vezes de não nos encontrarmos nem nos falarmos por um mês. No passado, eu me preocupava muito quando não encontrava nem conversava com meu namorado por um mês. Nesse período em que não nos víamos, não acabaria ele desaparecendo por completo? Não se tornaria ele um desconhecido?

Não me encontro com tanta frequência com o professor. Isso é natural, uma vez que não somos namorados. Mesmo não o vendo, ele não me parece estar longe. Ele continua sendo sempre o professor. Com certeza ele está em algum lugar esta noite.

Sentindo-me cada vez mais desanimada, me pus a cantarolar. Comecei com "Rio Sumida no esplendor primaveril", mas em nada combinava com o ar frio e parei pela metade.

Procurei na memória por uma canção invernal, mas não me ocorreu nenhuma. Por fim, me veio aos lábios "Cume nevado das montanhas sob a luz do alvorecer", uma canção de prática de esqui. Não condizia com o meu estado de espírito, mas como desconhecia outras canções de inverno, eu a cantarolei de qualquer jeito.

Volteia a neve fina ou envolve a neblina
La rá la rá, e eu a deslizar, deslizar.

Lembrava-me perfeitamente da letra. Não apenas a primeira estrofe como também a segunda. Eu mesma me espantei de recordar de uma letra que diz *"la rá la rá, um salto habilidoso, diversão maior não há!"*. Animei-me um pouco e passei para o terceiro refrão, mas por mais que tentasse não me lembrava do final. Apesar de chegar até "o céu é azul, a terra é branca", não recordava os quatro últimos versos.

Permaneci refletindo imóvel na escuridão. Por vezes, pessoas apareciam vindas da estação. Caminhavam passando rente a mim, procurando me evitar. Se começava a entoar a letra da terceira estrofe em voz miúda, aí mesmo elas se afastavam.

Não me lembrava e era tomada de novo pela vontade de chorar. Meus pés andavam por conta própria, as lágrimas corriam à revelia. Tsukiko, me chamavam, mas eu não me virava. De qualquer modo, deveria ser apenas uma voz imaginária. O professor não teria razão de estar aqui agora.

— Tsukiko. — Novamente me chamam.

ANO-NOVO

Ao me voltar, o professor estava de pé. Vestia um casaco leve, mas aparentemente quente, segurava a valise de sempre, o corpo bem ereto.

— Professor, o que está fazendo num lugar como este?
— Passeio. A noite está linda, não?

Era realmente ele? Furtivamente, dei um beliscão nas costas da mão. Doeu. Pela primeira vez na vida entendi por que as pessoas se beliscam de verdade quando desconfiam estar sonhando.

Professor. Eu o chamei. Estava um pouco afastada e o chamei calmamente. Tsukiko. Ele replicou. Pronunciou apenas meu nome.

Durante algum tempo permanecemos um diante do outro na escuridão. Aos poucos, minhas lágrimas cessaram. Temia não saber como agir caso elas brotassem em profusão, por isso me senti aliviada. Não sabia o que o professor diria se me visse chorando.

— Tsukiko. O final é assim *"la rá la rá, aquela colina clama por nós"*. — O professor disse.

Como?

— É uma letra de música de esquiadores. Eu também já esquiei um pouco — ele confessou.

Comecei a andar ao lado dele. Nós nos dirigiamos à estação.

— Nos dias de descanso, o bar de Satoru não abre. — Eu disse, e o professor, olhando sempre em frente, assentiu com a cabeça.

— De vez em quando não é ruim ir a outro estabelecimento. Tsukiko, beberemos juntos pela primeira vez este ano. A propósito, feliz ano-novo.

Entramos em um bar ao lado do estabelecimento de Satoru, com lanternas vermelhas enormes suspensas na parte superior da porta e, sem despir nossos casacos, sentamo-nos nas cadeiras. Pedi um chope e o bebi de um trago só.

— Tsukiko, você parece com algo. — O professor disse, bebendo também de um trago a cerveja. — Com algo. Tenho aqui na ponta da língua — ele continuou.

Pedi tofu cozido e ele um olhete ao molho teriyaki.

— Ah, sim, o Natal. Você parece uma árvore de Natal com esse casaco verde, suéter vermelho e calças marrons. — O professor declarou em voz ligeiramente alta.

— Mas já estamos no começo do ano. — Eu repliquei.

— Tsukiko, você passou o Natal com seu namorado? — Ele perguntou.

— Claro que não.

— Você não tem namorado?

— Como não? Tenho um, dois, uma dezena deles.

— Entendo, entendo.

Passamos imediatamente ao saquê. Ergui o frasco de saquê quente e verti na taça do professor. De repente meu corpo se aqueceu e novamente senti vontade de chorar. Mas me contive. Era melhor beber.

— Feliz ano-novo, professor. Desejo-lhe tudo de bom neste ano que se inicia. — Disse de uma tacada e o professor riu.

— Tsukiko, você sabe bem como fazer uma saudação. Está de parabéns. — Falando assim, afagou meus cabelos. Enquanto me sentia acariciada pelo professor, tomava meu saquê a goles miúdos.

Reencarnações

Caminhando pela rua, dei de cara com o professor.
Até pouco depois do meio-dia eu passara deitada preguiçosamente. Durante um mês estive bastante ocupada. Diariamente voltava para casa por volta da meia-noite. Durante vários dias não tomei banho, lavando apenas o rosto com energia e logo depois desabando de sono na cama. Quase todos os finais de semana fui à firma. Como não comia nada de substancial, tinha a fisionomia extenuada. Por ser gulosa, quando não posso comer com calma tudo o que tenho vontade, perco aos poucos a vitalidade. Minha expressão se torna sinistra.

Finalmente ontem, sexta-feira, a agitação do trabalho acalmou. Sábado pela manhã dormi até tarde, algo incomum nos últimos tempos. Depois de dormir pela manhã à farta, coloquei água quente até a borda da banheira e entrei nela com uma revista. Lavei os cabelos, imergi várias vezes na água quente na qual eu gotejei um líquido aromático e li metade da revista, saindo por vezes para fora da banheira para me refrescar. Com certeza passei umas duas horas no banho.

Esvaziei a banheira, limpei-a rapidamente e, com apenas a toalha enrolada à cabeça, perambulei completamente nua pelo apartamento. Nesses momentos penso em como é bom viver só. Abri a geladeira, retirei uma garrafa de água com gás, enchi um copo quase pela metade e a bebi de um gole só. A propósito, quando jovem eu detestava água com gás. Com pouco mais de 20 anos, durante uma viagem com uma amiga para a França, estávamos com sede e entramos em um café. Queríamos apenas beber água, mas, ao pedirmos "água", nos trouxeram gasosa. Ao beber todo o líquido, molhando a garganta ressequida, sufoquei, sentindo vontade de vomitar. Eu tinha sede. A água estava diante de meus olhos. Porém, borbulhavam nela pequenas bolhas, fazendo-a cruelmente pesada. Mesmo querendo bebê-la, minha garganta se recusava. Incapaz de expressar em francês que preferiria água normal, sem gás, conformei-me em tomar um pouco da água com sabor de limão pedida por minha amiga. Estava adocicada. Desagradou-me essa doçura. Na época, eu não tinha o estilo de vida de agora, de matar a sede com cerveja no lugar de água.

Foi a partir dos 35 anos que passei a gostar de água com gás. Comecei a tomar com frequência uísque com soda e aguardente de arroz gasosa. A certo momento, meu refrigerador passou a exibir constantemente as garrafas verdes e de gargalo fino de água com gás Wilkinson. Juntamente com elas, algumas garrafas de *ginger ale* desse mesmo fabricante. Era para os amigos abstêmios, que vez por outra apareciam para me visitar. Normalmente não ligo para marca de roupas, comidas ou aparelhos domésticos, mas a água gasosa precisava ser obrigatoriamente a da empresa Wilkinson. A principal razão é que a loja de bebidas, a dois minutos a pé de casa, vendia por acaso essa marca. É pura coincidência, e se um dia eu mudasse para outro local e não houvesse nenhuma loja de bebidas nas proximidades ou, mesmo que houvesse, se não vendesse a água dessa marca em particular, eu talvez deixaria de frequentá-la habitualmente. Eu gostava dela nessa medida.

 Quando estou sozinha, costumo ponderar sobre muitas coisas. A empresa Wilkinson e a viagem para a Europa distante fervilham e se espalham indisplicentes em minha cabeça como as bolhas na água gasosa. De pé, olho vagamente no espelho o reflexo de meu corpo nu. Nessas horas, como se conversasse com alguém a meu lado, me certifico sobre essa expansão com esse eu tão próximo, mas na realidade ausente. Meus olhos não veem meu corpo desnudo dentro do espelho, a se entregar mais do que o necessário à gravidade. Não converso com o meu eu visível, mas com o eu invisível, aquele eu tênue aparentando flutuar pelo cômodo.

 Permaneci em casa até o anoitecer. Passei o tempo folheando distraidamente um livro. Assomou-me novamente o sono e dormi por cerca de meia hora. Acordei e ao abrir a janela o exterior já estava envolto pela escuridão. No calendário já estávamos no início da primavera, mas os dias ainda eram curtos. Agrada-me mais a brevidade dos dias por volta do solstício de inverno, parecendo nos perseguir. Quando se está consciente de que logo anoitecerá inevitavelmente, é possível preparar o coração dentro da leve e elegante escuridão que convida àquele arrependimento próprio ao lusco-fusco. No crepúsculo de agora somos atraiçoados: os dias se alongam e nos levam a crer que ainda não anoiteceu ou que falta mais um pouco para anoitecer. Ah, é noite, pensamos, e no instante seguinte o desânimo acaba nos invadindo com força.

Portanto, saí. Na rua, quis confirmar que eu não era a única pessoa viva, que não era apenas eu a sentir a desolação de viver. Todavia, era impossível verificar isso olhando apenas as pessoas passando. Por mais que desejasse intensamente, não era possível confirmar nada.

Nesse momento dei de cara com o professor.

— Tsukiko, minha bunda está dolorida.

Ele se queixou tão logo nos pusemos lado a lado. Como? Olhei espantada para o rosto dele, mas ele estava calmo e não aparentava padecer de dores fortes.

— Mas por que a bunda? — Perguntei, e o professor exibiu uma leve careta.

— Uma moça não deve usar a palavra bunda.

Antes mesmo de poder perguntar o que deveria usar então como substituto, o professor prosseguiu:

— Traseiro, nádegas, o que não falta certamente são outros termos. É embaraçoso constatar a pobreza vocabular dos jovens de hoje.

Ri, sem responder. O professor também riu.

— Sendo assim, é melhor desistirmos de ir ao bar de Satoru esta noite.

Como eu me espantara novamente, o professor me olhou e assentiu com a cabeça.

— Satoru provavelmente ficará preocupado se eu aparentar estar sentindo dores. Não é minha intenção beber tendo alguém apreensivo a minha volta. Sendo assim, seria preferível desistirmos de ir, no final das contas.

— Mas é como diz o ditado: "Mesmo encontros acidentais resultam em *tasho no en,* afinidades de reencarnações."

Quando pergunto se entre mim e ele haveria alguma afinidade de reencarnações, o professor, ao contrário, replica:
— Tsukiko, você sabe o significado desse *tasho no en*?
— Seria um pequeno vínculo? — Respondi, depois de ponderar um momento, mas o professor, franzindo as sobrancelhas, meneou a cabeça negativamente.
— Não é *tasho* no sentido de "pouco", mas de "múltiplas vidas" ou "várias transmigrações".
— Ah — eu respondi. Definitivamente a língua japonesa nunca foi meu forte.
— É porque você nunca estudou seriamente — repreendeu-me o professor. — Tsukiko, *tasho* é uma palavra originada na filosofia budista e significa que um ser vivo pode reencarnar várias vezes.

O professor entrou antes de mim no restaurante especializado em cozidos *oden*[4] ao lado do estabelecimento de Satoru. Olhando bem, o professor de fato caminha com a parte superior do corpo levemente inclinada para a frente. Qual seria a extensão da dor que sentiria em sua bunda, traseiro ou nádegas? Era impossível discernir pela sua expressão facial.

— Um frasco de saquê quente — ele pediu, e eu prossegui em seguida:
— Uma cerveja, por favor. — Logo trouxeram o saquê, a cerveja, as taças e os copos. Vertemos cada qual sua bebida e brindamos.

---

4. Prato japonês, consumido mais comumente no inverno, que consiste de vários legumes, tofu e ovos cozidos imersos em um caldo feito à base de molho de soja e peixe. Os ingredientes podem variar conforme o costume local. [N.E.]

— Enfim, *tasho no en* significa o vínculo que nos une a vidas passadas.
— Vidas passadas? — Perguntei elevando ligeiramente a voz. Teríamos estado, eu e o professor, ligados desde uma vida passada?
— Provavelmente isso ocorre entre quaisquer pessoas — respondeu ele calmamente, adicionando com todo o cuidado o saquê do frasco em sua taça. Um jovem cliente sentado ao lado do balcão não parava de nos olhar fixamente. Desde há pouco, quando elevei o tom de voz, ele continua a nos observar. Esse cliente tem três piercings na orelha. Dois brincos dourados e um terceiro no orifício aberto na parte mais inferior do lóbulo brilham a cada movimento.
— O professor acredita em vidas passadas? — Perguntei, depois de pedir também saquê quente à pessoa dentro do balcão. O cliente vizinho parecia procurar nos ouvir.
— Sim, um pouco.
A resposta do professor foi para mim inesperada. Tsukiko, você acredita em vidas passadas? Você é muito, assim, sentimental. Pensei que ouviria algo do gênero por se tratar do professor.
— Vidas passadas ou quem sabe predestinação?
— Dê-me nabo fatiado, bolinhos de peixe e tendões. — O professor fez seu pedido.
— Um enroladinho de pasta de peixe, tiras gelatinosas de inhame e um nabo para mim também. — Também pedi, não querendo ficar por baixo. O jovem ao lado pediu alga laminária e bolinho de farinha de peixe. Por um tempo cessou a conversa sobre predestinação e vidas passadas e nos concentramos em nosso *oden*. O professor permanecia

com a parte superior do corpo curvada, fracionava com os hashi o nabo em um tamanho adequado e o levava à boca enquanto eu, inclinada um pouco para a frente, mordia um pedaço do nabo inteiro sem cortá-lo. Tanto o saquê quanto o *oden* estão realmente deliciosos, não acha?, eu perguntei, e o professor me afagou levemente a cabeça. Tenho notado que nos últimos tempos o professor passou a fazê-lo sempre que surge a oportunidade.

— É bom ver pessoas comendo os alimentos com prazer — ele disse, alisando meus cabelos.

— Professor, que acha de pedirmos algo mais?

— Por que não? — Trocamos essa conversação e fizemos novo pedido. O jovem sentado ao lado tinha o rosto bastante avermelhado. Três frascos de saquê vazios estavam postos diante dele. Como havia também um copo vazio, certamente teria também tomado cerveja. Sua respiração resfolegada chegou até nós exibindo sinais de embriaguez.

— Vocês são o quê afinal?

Subitamente o homem começou a falar conosco. Via-se em seu prato que ele comera apenas um pouco da alga e dos bolinhos. Ele exalou em nossa direção seu bafo impregnado de saquê, enquanto vertia em sua taça o líquido do quarto frasco. O brinco em sua orelha reluzia graciosamente.

— O que você quer dizer com esse "o quê"? — perguntou o professor, também inclinando seu frasco.

— Bem, vocês se entendem bem — disse rindo. Havia algo estranho misturado naquele riso. Era como uma pessoa que, por engano, engoliu um sapo e desde então só pode rir a partir do fundo de seu estômago, como se o riso estivesse de alguma forma estranhamente preso.

— Explique-se melhor — replicou novamente o professor, com ar sério.

— Bem, apesar da diferença de idade, estão se acarinhando.

O professor soltou algo parecido a uma exclamação, assentindo com indulgência, para em seguida voltar a olhar diretamente em frente. Senti nesse instante algo semelhante ao barulho seco de um estalo. Não dirijo a palavra a homens como você. Embora não o tenha posto em palavras, estou certa de que era isso que o professor pensava. Eu o senti e aparentemente o homem também o sentira.

— É indecente na sua idade. — O homem cada vez mais atacava, mesmo ciente de que o professor jamais lhe responderia e talvez justamente por saber disso.

— Esse velhote está transando com você?

Ele se dirigiu a mim sem se importar com o professor entre nós. A voz do homem ecoou por todo o interior do restaurante. Olhei para o rosto do professor, mas logicamente ele não alteraria a expressão por tão pouco.

— Quantas vezes vocês trepam por mês? Hein?

— Yasuda, pare com isso, vamos. — O dono do restaurante decidiu intervir. A embriaguez do rapaz parecia bem mais profunda do que aparentava. Seu corpo balançava levemente para frente e para trás. Não estivesse o professor sentado entre nós, eu certamente teria dado uma boa bofetada no homem.

— Foda-se! — Foi a vez de o bêbado gritar, dirigindo-se ao dono e ameaçando atirar no rosto dele o saquê de sua taça. Porém, devido à embriaguez, errou o alvo e o líquido escorreu na maior parte sobre as próprias calças. — Merda!

— O homem novamente gritou, limpando, com uma toalha que o dono lhe entregara, um local afastado de onde derramara o saquê. Depois disso, prostrou o rosto sobre o balcão e repentinamente começou a roncar.

— Ultimamente ele tem se comportado muito mal — confessou o dono, abaixando a cabeça e agitando uma das mãos em nossa direção em um gesto de desculpas. Ah, eu assenti vagamente, mas o professor, sem aceder, apenas pediu no tom de sempre:

— Mais um saquê quente, por favor.

— Tsukiko, sinto muitíssimo.

O rapaz continuava roncando com o rosto prostrado sobre o balcão. O dono várias vezes tentou em vão acordá-lo. Se ele despertar, irá logo embora para casa, disse o dono dirigindo-se a nós e, em seguida, foi pegar o pedido de uma mesa.

— Acabei fazendo-a passar por uma situação desagradável. Lamento muito.

Por favor, nem fale nisso, professor. Pensei em dizê-lo, mas minha voz não saiu. Estava furiosa. Não por minha causa. Era por tê-lo conduzido a esse pedido de desculpas tão desprovido de sentido.

Será que esse homem não vai sair logo? Murmurei, apontando com o queixo para o rapaz. Porém, ele continuava a soltar roncos enormes e não se movia nem um centímetro.

— Está brilhando bastante — disse o professor.

Como?, eu repliquei, e ele me indicou sorrindo os brincos do homem. Realmente, eles reluzem bastante. Respondi, perdendo um pouco do meu fel. Por vezes, é difícil entender um tipo de pessoa como o professor. Pedi mais um frasco de saquê e enchi a boca com o líquido quente. Ele continuava a dar risadinhas. De que estaria ele rindo? Abatida, fui até o toalete e concluí com vigor o que tinha para fazer. Isso provavelmente ajudou a melhorar um pouco meu estado de espírito, e quando voltei a me sentar ao lado do professor já estava bem mais calma.

— Tsukiko, veja isto, veja.

O professor abriu delicadamente a mão cerrada. Algo brilhava sobre a palma.

O que é isso?

— É aquilo que estava pregado na orelha, sabe? — O olhar do professor escorregou em direção ao homem que roncava. Ao mesmo tempo, eu também olhei para ele: o brinco mais brilhante pendurado ostensivamente no lóbulo da orelha do homem desaparecera. Os dois pequenos em metal continuavam lá, mas nada havia no orifício da extremidade do lóbulo, apenas a abertura um pouco estendida.

Professor, o senhor o pegou?

— Eu o roubei.

Sua expressão era da mais pura ingenuidade.

Não é ruim agir assim? Mesmo eu o censurando, ele mantinha a calma e balançava negativamente a cabeça.

— Hyakken Uchida tem uma história mais ou menos assim — encetou ele.

Se me lembro bem, era um conto intitulado *O ladrão amador*. Embriagado, um homem portando um cordão de ouro pendurado ao peito torna-se atrevido e começa a blasfemar. Não bastasse o protagonista estar revoltado com a descortesia do homem, o cordão do interlocutor cada vez mais lhe ofendia os olhos. Finalmente, ele rouba o cordão. E o faz descaradamente. Pensar que seria fácil por estar o outro bêbado é um erro, já que aquele que rouba se encontra também ébrio, estando ambos em igualdade de condição.

— Este era por alto o conteúdo do conto. Hyakken era realmente ótimo. — A bem da verdade, durante as aulas de japonês, o professor sempre tinha essa expressão ingênua. Lembrei-me disso agora.

— Por isso o senhor também roubou? — Perguntei, e ele assentiu vigorosamente com a cabeça.

— Seria como se eu imitasse Hyakken.

Tsukiko, você conhece o escritor Hyakken Uchida? Imaginei que o professor fosse me perguntar, mas ele não disse nada. Lembrei-me vagamente de já ter ouvido esse nome, mas não estava certa. Era uma justificativa incoerente. Não se deve roubar, estando ou não alguém bêbado. Contudo, era curioso como embutia certa lógica. Provavelmente essa maneira lógica fosse de certa forma parecida com o professor.

— Tsukiko, não fiz isso para castigar o rapaz. Roubei o brinco apenas para apaziguar minha cólera. Espero que você não entenda errado.

Respondi com ar sério que entendera perfeitamente e depois disso bebemos a grandes goles o saquê. Esvaziamos cada um mais um frasco, pagamos a conta em separado como de costume e deixamos o restaurante.

A lua estava radiosa. Quase lua cheia.

— Professor, o senhor, bem..., o senhor tem momentos de tristeza? — Perguntei de repente, enquanto ambos andávamos lado a lado, olhando em frente.

— Entristeci quando minha bunda estava doendo — respondeu ele, continuando a olhar adiante.

— Falando nisso, como está sua bunda, quer dizer, como estão suas nádegas?

— Quando fui vestir as calças, prendi meu pé nelas e acabei me desequilibrando. Caí forte de bunda no chão.

Rá rá rá. Instintivamente gargalhei. O professor também riu.

— Pois é algo que provoca tristeza. A dor física é a que mais convida ao entristecimento.

— O professor gosta de água gasosa? — Perguntei em seguida.

— Você mudou totalmente o assunto. Bem, há muito eu gosto de beber água gasosa Wilkinson.

— É mesmo? Bem que eu imaginava. — Repliquei sempre olhando em frente.

Via-se a lua bem alto no céu. Estava levemente coberta por uma nuvem. Ainda estavam longe os indícios da primavera, mas senti estarmos mais próximos dessa estação do que no momento em que entramos no restaurante.

— O que pretende fazer com esse brinco? — Eu perguntei, e o professor se pôs a refletir por um momento.

— Penso em guardá-lo na cômoda. De vez em quando eu me divertirei tirando-o de lá para vê-lo — respondeu finalmente o professor.

— Na cômoda onde estão os bules de trem, não? — Procurei confirmar e o professor assentiu.

— Sim, na cômoda onde estão guardados objetos de recordação.

— Hoje é uma noite a recordar?

— Eu não roubava há tempos.

— Falando nisso, com que idade o professor aprendeu a técnica do roubo?

— Foi em uma de minhas vidas passadas, sim, isso mesmo — declarou ele, rindo baixinho.

Continuamos a andar lentamente, envolvidos pelo ar que lembrava vagamente a primavera. A lua brilhava dourada.

Contemplando cerejeiras em flor – 1

Fiquei intrigada quando o professor anunciou: "Chegou um cartão-postal da professora Ishino."

A professora Ishino continua dando aulas de artes no ensino médio. Na época que eu frequentava a escola, ela deveria ter por volta de 35 anos. Sempre prendia para trás os cabelos negros abundantes e ondulados, caminhando velozmente pelos corredores com a vestimenta do ateliê sobre os ombros. De complexão magra, passava a impressão de ser uma pessoa transbordante de energia. Era popular entre todos os estudantes, fossem rapazes ou moças, e depois das aulas os membros do grupo estudantil de artes, sempre de jeito manhoso, "se juntavam" na sala do grupo.

Assim que o aroma de café flutuava da sala de preparação artística onde se enfurnava a professora Ishino, os membros do clube vinham bater-lhe à porta.

— O que vocês querem? — ela perguntava em voz rouca.

— Vamos, professora, compartilhe seu café conosco — pedia um deles por trás da porta. E o fazia em um tom expressamente confuso.

— Claro, claro — ela assentia, enquanto abria a porta para lhe entregar um frasco cheio de café fresco. Os "beneficiários" do café eram o chefe e o subchefe do grupo, juntamente com alguns terceiranistas. Aos estudantes dos demais anos não era outorgado esse privilégio. Ela saía então da sala para beber com eles, segurando com ambas as mãos a grande xícara em cerâmica ao estilo Mashiko, que ela própria queimara no forno de uma amiga. Depois disso, empertigava ligeiramente as costas e dava um giro para apreciar as obras dos membros do clube. Voltava a se sentar na cadeira e tomava o restante do café. Não adicionava creme. Os estudantes providenciavam leite em pó e açúcar em sachês, mas a professora tomava sempre seu café puro.

Visitei algumas vezes a sala do grupo, pois uma amiga do grupo estudantil de artes me confessara, cheia de admiração, que um dia desejaria se tornar uma mulher parecida com a professora Ishino. A sala era um espaço para o qual poderiam afluir sem problemas pessoas de fora do grupo. Era acolhedora, fedendo a tiner e com leve cheiro de cigarro.

Ela não é chique?, perguntava minha amiga, e eu assentia com um "hum, bem, sim". Na verdade, eu detestava as cerâmicas ao estilo Mashiko produzidas manualmente. Não gostava nem desgostava da professora nem de seu aspecto, mas não apreciava a tal "cerâmica feita a mão". Não tinha nada contra a cerâmica Mashiko em si.

Só tive aulas de artes com a professora Ishino no primeiro ano. Lembro-me vagamente de ter feito o desenho de uma estátua em gesso e o esboço em aquarela de uma natureza morta. Minhas notas com ela foram abaixo da média. Enquanto éramos ainda estudantes, ela se casou com o professor de história e geografia. Ela deve ter agora por volta de 55 anos.

— É um convite para ir admirar as cerejeiras em flor — anunciou o professor, após algum tempo.

— Ah — eu respondi. — Cerejeiras?

— Como ocorre sempre nesta época do ano. Acontece anualmente alguns dias antes do retorno às aulas, na barragem em frente à escola. O que me diz de vir junto contemplar cerejeiras este ano? — sugeriu o professor.

— Ah — eu respondo novamente. — Contemplar cerejeiras em flor é ótimo. — Meu tom denotava falta de entusiasmo. Contudo, alheio a meu tom de voz, o professor continuava observando sem pestanejar o cartão-postal.

— Como sempre, a letra da professora Ishino é muito graciosa — afirmou ele. Em seguida, abriu delicadamente o zíper de sua valise e inseriu o cartão em uma das partições. Vi com um ar vago quando ele fechou novamente o zíper da valise com um ruído frágil. — Será no dia 7 de abril. Não esqueça — recomendou, enquanto me acenava na parada de ônibus.

— Tentarei não me esquecer. — Repliquei como se tivesse voltado a ser uma estudante. Era um jeito de falar um pouco desleixado, desanimado, pueril.

Por mais que tente, não me acostumo a ouvir o professor ser chamado de Matsumoto. Esse é o nome dele. Formalmente, professor Harutsuna Matsumoto. Parece existir entre os docentes o costume de usar o título de professor ao se referir a um colega. Professor Matsumoto. Professor Kyogoku. Professor Honda. Professor Nishikawa. Professora Ishino. E assim por diante.

Apesar de ter sido convidada, não sentia vontade de ir contemplar cerejeiras em flor. Pensava em recusar, alegando estar muito atribulada na companhia ou algo que o valha. Todavia, o professor acabou vindo até em frente ao prédio onde moro para me buscar. Não era o tipo de comportamento próprio a ele. Apesar de não ser uma atitude peculiar dele, estava plantado de pé, segurando como sempre sua valise e vestindo um casaco leve próprio à estação.

— Tsukiko, você está levando algo para estender no chão? — Foi uma das perguntas que me fez enquanto me esperava embaixo. Não fez menção de subir ao andar superior, onde se localiza meu apartamento. Vendo seu sorriso e a expressão de convicção em seu rosto, senti-me incapaz de dar alguma desculpa. Sem remédio, enfiei brutamente uma esteira rija de vinil dentro da bolsa, vesti a roupa mais ao alcance de minhas mãos, entre as tantas espalhadas pelo apartamento, calcei os sapatos de esporte que não lavara desde a volta da colheita de cogumelos com Satoru e o primo, e desci as escadas a passos firmes.

A festa já progredia sobre a barragem. Os professores em atividade e aposentados e alguns estudantes formados estendiam plásticos sobre toda a barragem, e em cima deles alinhavam frascos de saquê e cerveja juntamente com a comida trazida. Ouviam-se muitos risos. Não distinguia onde era o centro da contemplação das flores. O professor e eu estendemos o plástico e, mesmo após cumprimentarmos as pessoas ao redor, muitas outras chegavam para alongar os plásticos trazidos. Como uma árvore a estender as folhas à medida que os brotos florescem, as pessoas que vieram para admirar as flores cada vez mais se espalhavam por toda parte.

Um momento depois o idoso professor Settsu veio se colocar entre mim e o professor, e uma jovem professora chamada Makita logo veio se pôr entre mim e o ancião. Vieram para o lado dela Shibazaki, Onda e Kayama, e eu acabei não sabendo mais quem estava sentado ao lado de quem.

Quando dei por mim, o professor bebia alegremente saquê ao lado da professora Ishino. Segurava o espetinho de frango com molho que ele comprara na rua comercial. Apesar de sua obstinação em comer apenas espetinhos com sal, tinha versatilidade para se adaptar a situações como aquela. A um canto, eu bebia sozinha meu saquê, repreendendo-o interiormente.

De cima da barragem podia-se ver a terra do pátio da escola se refletir brancamente. A escola, antes do início do novo período letivo, estava silenciosa. O prédio e o pátio continuavam os mesmos dos meus tempos de estudante. Apenas as cerejeiras plantadas ao redor do prédio haviam crescido bastante.

— Então, Omachi, ainda não se casou? — Alguém perguntou repentinamente e eu ergui o rosto. Sem que eu tivesse percebido, um homem de meia-idade estava sentado vizinho a mim. Ele bebia um trago do saquê que preenchia um copo de papel, olhando para mim, que levantara a cabeça.

— Casei-me dezessete vezes, me divorciei outras dezessete, agora estou solteira — respondi apressadamente. O rosto do homem me era familiar, mas não conseguia me lembrar quem era. Depois de um momento impassível, finalmente ele soltou um risinho.

— Pelo visto sua vida não foi nada trivial.
— Nem tanto assim.

Por trás do rosto sorridente do homem, dissimulava-se vagamente traços da época do ensino médio. Ah, é isso: com certeza um colega de classe. Havia uma peculiaridade na diferença entre seu rosto quando calado e ao sorrir, mas como era mesmo seu nome? Estava na ponta da língua, mas era incapaz de lembrar.

— Sabe, eu me casei apenas uma vez e me divorciei também só uma vez — informou o homem, continuando a sorrir.

Bebi metade do saquê do copo de papel. Sobre o líquido flutuava uma pétala de flor.

— Foi realmente difícil para nós dois.

Continuando a rir, a expressão do homem denotava calor humano. Lembrei-me de seu nome. Chamava-se Takashi Kojima. Cursamos a mesma classe no primeiro e segundo anos. Como ambos estávamos entre os primeiros números da chamada, nossos assentos, que nos eram atribuídos no início do período letivo pela ordem de chamada, eram sempre próximos.

— Perdoe a brincadeira.

Ao me desculpar, ele meneou a cabeça e voltou a rir.

— Você não mudou nada, continua a mesma.

— Como assim?

— É do tipo que consegue falar coisas fora do normal com o ar sério.

Seria realmente assim? Eu, com certeza, não era do tipo de brincar ou dizer coisas sem sentido. Eu era daquelas que nos intervalos das aulas permanecia a um canto do pátio para devolver as bolas que caíam próximas a mim.

— E o que você faz agora, Kojima?
— Sou assalariado. E você?
— Trabalho em uma firma.
— É mesmo?
— Sim.

Uma brisa soprava. As cerejeiras ainda não estavam caindo em profusão, mas por vezes algumas pétalas tombavam ao sabor do vento.

— Estava casado com Ayuko — declarou ele de repente, um pouco depois.

— Como?

Ayuko foi a colega que me levou à sala do grupo de artes dizendo desejar se tornar uma mulher como a professora Ishino. A propósito, Ayuko se parecia um pouco com a professora. Tinha baixa estatura, era repleta de energia e muito raramente percebia-se nela, discretamente, certo conservadorismo. Provavelmente, ela própria não tinha consciência disso. Essa característica dela atraiu muitos homens. Ela recebia com frequência "cartas de amor" ou "convites". Todavia, nunca respondeu a nenhuma dessas investidas. Aparentemente, pelo menos, não. Comentava-se que ela estaria se relacionando com um estudante ou um empregado de uma empresa, mas não pude sentir nenhum indício desse relacionamento na Ayuko que caminhava junto comigo na volta da escola tomando um sorvete.

— Ignorava por completo.

— Não informamos a ninguém, praticamente.

Kojima explicou que os dois se casaram quando ainda eram estudantes, mas se separaram três anos depois.

— Vocês se casaram realmente muito cedo.

— Foi porque ela não aceitava vivermos juntos e insistia no matrimônio.

Como Kojima interrompera por um ano os estudos, Ayuko acabou se empregando em uma empresa um ano antes dele. Ela e o chefe se apaixonaram, e depois de muito espalhafato, o divórcio foi concluído. Kojima explicou, despreocupadamente.

Para falar a verdade, saí com Kojima uma vez. Se bem me lembro, foi no terceiro período do segundo ano. Fomos juntos assistir a um filme. Marcamos de nos encontrar em uma livraria, caminhamos até o cinema, no qual entramos com os ingressos que ele comprara antecipadamente. Prontifiquei-me a pagar, mas ele insistiu que não havia necessidade, já que ganhara os ingressos do irmão mais velho.

Só fui perceber que Kojima era filho único no dia seguinte ao nosso encontro.

Depois do cinema passeamos por um parque e trocamos impressões sobre o filme. Ele estava totalmente admirado com os efeitos utilizados e eu com os vários chapéus usados pela personagem principal. Havia uma barraquinha vendendo crepes, e ele me perguntou se eu queria. Respondi que não e ele, com um pequeno sorriso, disse: "Que ótimo. Não aprecio coisas doces." Comemos hot-dog e yakisoba acompanhados de Coca-Cola.

Na verdade, depois de formada, tomei conhecimento que Kojima adorava coisas açucaradas.

— Ayuko vai bem? — perguntei, e ele assentiu com a cabeça.

— Casou-se com o chefe e parece estar morando em uma casa de três andares do tipo pré-fabricado.
— Pré-fabricado — eu repeti, e Kojima respondeu confirmando.
Um vento forte soprou, jogando pétalas de cerejeira sobre nós dois.
— E você não pretende casar? — ele me perguntou.
— Não, e não conheço bem casas pré-fabricadas. — Respondi e Kojima riu. Bebemos todo o saquê, juntamente com as pétalas flutuando dentro do copo.

— Venha, Tsukiko — me chamou o professor. A professora Ishino também me acenava, convidando a juntar-se a eles. A voz do professor estava um pouco entusiasmada. Fingi que não ouvia, ocupada em conversar com Kojima.
— Estão chamando — advertiu Kojima, mas eu me limitei a uma resposta vaga. As faces de Kojima estavam avermelhadas. — Nunca me dei muito bem com o professor Matsumoto — confessou ele, em voz miúda. — E você?
— Não me lembro bem. — Respondi, e ele assentiu com a cabeça.
— Você sempre vivia com a cabeça nas nuvens, se bem me lembro. Como se estivesse sempre pensando em outra coisa.
O professor e a professora Ishino continuavam a acenar para mim. Virei-me na direção deles ao fazer um gesto para consertar meus cabelos desgrenhados pelo vento. Meus olhos cruzaram com os do professor.

— Tsukiko, venha juntar-se a nós — propôs ele, em voz ligeiramente alta. A voz do professor era como eu a escutava nos tempos da escola. Era diferente de sua voz quando bebíamos juntos, lado a lado. Virei abruptamente as costas para ele.

— Sabe, eu sentia certa atração pela professora Ishino — confessou Kojima, em tom alegre.

As faces dele estavam ainda mais vermelhas do que pouco antes.

— Ela era bem popular, não? — disse, procurando evitar demonstrar emoção.

— Ayuko vivia falando toda animada sobre ela.

— Realmente.

— E eu acabei também me interessando.

Ficar interessado é bem típico de Kojima. Verti saquê no copo dele. Ele bebeu uma pequena quantidade, suspirando levemente.

— A professora Ishino, como sempre, está linda.

— É verdade. — Não demonstrar emoção. Disse para mim mesma.

— Já está na casa dos cinquenta. Inacreditável.

— Certamente. — Mais uma vez insensível.

O professor conversava alegremente com a professora Ishino (tenho certeza; porém, como ele estava de costas para mim, não podia ver). Não ouvi mais a voz dele a chamar meu nome. O sol estava prestes a se pôr. Algumas lanternas foram acesas. Os comes e bebes cada vez se animavam mais e aqui e ali começava uma cantoria.

— Omachi, que acha de escapulirmos daqui para tomar um drinque em algum lugar? — propôs Kojima.

Bem ao nosso lado, um grupo de formandos mais velhos que nós começou a cantar "Correndo atrás de coelhos naquela montanha". Respondi baixinho: "Não sei." Como uma das mulheres do grupo começava a emitir um esplêndido vibrato na passagem "Naquele rio onde pescávamos pequenos carássios", Kojima aproximou o rosto do meu dizendo: "Não ouvi o que você falou."

Repeti o "Não sei", em voz mais forte. Ele afastou o rosto do meu e riu.

— Você não muda mesmo, Omachi. Sempre na dúvida, nunca sabendo o que quer. Eu me lembro bem.

Eu seria mesmo assim?

— E ainda por cima falava como se tivesse plena segurança de si mesma. Você era alguém repleta de convicção, mas vacilante. — Kojima comentou alegremente.

— Vamos então — disse lentamente.

— Vamos cair fora daqui e beber umas e outras.

Anoitecera e os formandos ao nosso lado acabavam de cantar "País natal" pela terceira vez. Por instantes, as vozes do professor e da professora Ishino me chegavam aos ouvidos atravessando o burburinho. A voz do professor tinha mais elegância do que quando conversava comigo, e a da professora Ishino era a costumeira voz rouca. Não entendia o que diziam, chegavam até mim apenas sons denotando o término das frases.

— Vamos — propus e me levantei. Kojima me observava fixamente enquanto eu sacudia a areia da esteira de vinil e a enrolava abruptamente.

— Você é meio desastrada, não? — afirmou. Ao responder, ele riu novamente. Um riso acolhedor. Olhei para onde estava o professor, mas não pude distingui-lo na escuridão.

— Me empreste — Kojima disse, tirando a esteira de minhas mãos e a dobrando cuidadosamente.

— Onde vamos? — perguntei e, deixando para trás o local de contemplação de cerejeiras, começamos a descer as escadas em direção à rua abaixo da barragem.

Contemplando cerejeiras em flor – 2

O local para onde Kojima me levou era um bar agradável situado no subsolo de um prédio.

— Quem diria que havia bares como este próximo à escola — digo, e Kojima assente com a cabeça.

— Logicamente na época de estudante eu não o frequentava — declara ele com ar sério. O atendente do bar riu ao ouvir as palavras de Kojima. O atendente era uma mulher. Seus cabelos com alguns fios grisalhos estavam alisados para trás da cabeça, vestia uma camisa social bem passada e um avental preto do tipo muito usado por garçons.

— Há quantos anos mesmo você frequenta o estabelecimento?

A dona do bar. Senhora Maeda. Kojima me apresentou a atendente, que colocou a nossa frente um prato de feijões-soja cozidos enquanto fazia a pergunta. Sua voz era delicada e miúda.

— Vinha sempre com Ayuko.

— Sim, realmente.

Certamente os dois se conheciam há tempos. O fato de vir acompanhado de Ayuko só poderia significar ter sido em uma época em que ambos ainda não haviam se separado, o que levava a crer que Kojima já frequentasse o bar há mais de vinte anos.

— Omachi, não está com fome? — pergunta Kojima, olhando para mim.

— Um pouco — respondo, e ele replica um "eu também".

— A comida daqui é muito boa — elogia Kojima, recebendo da senhora Maeda o cardápio. Deixo a escolha por sua conta, eu disse, e ele passou a observar com atenção o cardápio. Omelete de queijo. Salada de folhas verdes. Ostras defumadas. Ele pedia apontando cada item do menu. Em seguida, verteu delicadamente em nossas taças o vinho tinto da garrafa que pouco antes a senhora Maeda abrira com cuidado. Como Kojima propõe "Saúde", eu retribuo o brinde. Por um instante me vem à mente a imagem do professor, mas trato de afugentá-la de imediato. O som das taças chocando se faz ouvir. A leveza do vinho era conveniente e sua fragrância um pouco comedida.

— Ótimo vinho — declarei.

— Ela gostou — disse Kojima, dirigindo-se à senhora Maeda. Ela abaixou de leve a cabeça como agradecimento.

— Ao contrário, sou eu quem agradece — me precipitei em abaixar eu também a cabeça. Kojima e a senhora Maeda riram.

— Realmente, Omachi, você continua a mesma — afirmou Kojima e, depois de fazer girar o vinho dentro de seu copo, tomou um trago. A senhora Maeda abriu um refrigerador prateado aparentemente embutido sob o balcão e começou a preparar o pedido de Kojima. Pensei em perguntar como estava Ayuko e sobre o trabalho de Kojima, mas sem muito interesse em saber acabei desistindo. Kojima continua a fazer girar o vinho.

— Quando faço isso, lembro que há muitos caras por aí que giram a bebida assim e eu também sinto vergonha quando os vejo. — Eu observava atentamente as mãos dele girando o líquido. Kojima disse isso como se quisesse que meu olhar fixo em suas mãos se transferisse para seus olhos.

— Não... bem, eu não penso nem um pouco assim — repliquei, mas no fundo eu também sentia um pouco como ele.

— Porém, Omachi, que tal tentar você também girar, mesmo se achando enganada com o resultado? — sugeriu Kojima com um olhar penetrante.

— Será? — redargui e fiz girar o vinho no interior de minha taça. O aroma se elevou. Ao tomar um gole, o sabor estava ligeiramente diferente de pouco antes. Um sabor que não apresentava resistência. Talvez fosse melhor chamá-lo de um sabor que vinha de encontro a nós.

— Realmente é diferente — confirmei arregalando os olhos, e Kojima assentiu firmemente com a cabeça.

— Não falei que o sabor muda?

— Desculpe por ter duvidado.

Lado a lado com Kojima nesse bar ao qual vinha pela primeira vez, girando o vinho na taça e degustando ostras defumadas fragrantes, eu me sentia inserida em um tempo misterioso. Por vezes, a imagem do professor me perspassava a mente, mas a cada vez desaparecia velozmente. Não me sentia transportada aos tempos da escola, como também não tinha a percepção de estar no tempo presente: eu vagava entre os dois no balcão do "Bar Maeda". Parecia ter penetrado em um tempo que não existia em lugar nenhum. A omelete de queijo estava fofa e morna, a salada de folhas verdes tinha um sabor levemente picante. Esvaziamos lentamente uma garrafa de vinho, Kojima bebeu um coquetel a base de vodka e eu um a base de gim, e assim a noite avançou mais rápido do que poderíamos perceber. Até pouco antes parecia ainda estar anoitecendo, mas já passava das dez da noite.

— Quer ir embora? — perguntou Kojima, que há algum tempo falava cada vez menos.

— Vamos então — respondi sem refletir. Ele falou muito pouco sobre as circunstâncias da separação com Ayuko, e eu não me lembrava de nenhuma palavra do que ele dissera. No interior do bar, o ar não era aquele seco e solto de quando se abre a boca, mas denso e deslumbrante como o da noite avançando em direção ao amanhecer. Sem que eu percebesse, um jovem atendente entrou na área do balcão e o burburinho no interior do bar estava a um nível adequado. Quando me dei conta, Kojima parecia já haver pago a conta. Mesmo me oferecendo em voz baixinha para pagar a metade, ele replicou não ser necessário, de leve balançando negativamente a cabeça, com um jeito seguro de si.

Passei meu braço levemente sob o dele e subimos, sem pressa, as escadas para fora do bar.

A lua brilhava no céu.

— É a lua do seu nome, Tsukiko[5] — disse Kojima, erguendo o olhar. O professor jamais diria algo semelhante.

---

5. O nome Tsukiko é composto pelos ideogramas de *tsuki*, lua, e *ko*, criança. [N.T.]

Admirei-me por ter lembrado de repente do professor. Quando estava no interior do bar, a imagem dele estava bem longe. De súbito, senti pesar o braço que Kojima passara levemente ao redor de minha cintura.

— A lua está bem redonda — repliquei, afastando-me dele com naturalidade.

— Realmente está muito redonda. — Ele não tentou se reaproximar de mim. Permaneceu pensativo olhando para a lua. Ele me pareceu mais velho do que quando estávamos no bar.

— O que houve? — perguntei, e ele virou o rosto em minha direção.

— Por que pergunta?

— Você se cansou?

— Estou velho — ele declarou.

— Deixe disso.

— Falo sério.

— Claro que não está.

Estranhava minha obstinação. Kojima se pôs a rir e se inclinou reverencialmente.

— Peço-lhe desculpas. Falando nisso, temos a mesma idade, não?

— Mas não é por esse motivo.

Eu pensava no professor. Ele nunca dissera, falando sobre si, que era "velho". Provavelmente, já passara o tempo em que levava na brincadeira sua "idade" ou não era de seu temperamento. De pé, nesta rua, eu estava longe do professor. Comecei a sentir a distância entre nós de uma forma pungente. Não era a distância pelos anos vividos até então, nem a espacial e, no entanto, ela estava presente, absoluta.

Kojima voltou a passar o braço ao redor de minha cintura. Digo isso, mas na realidade ele não a envolveu completamente. Talvez pudesse dizer que ele aplicava o braço ao ar ao redor de meus quadris. Era uma forma bastante ideal de fazê-lo. Ele não me toca exatamente, mas também não posso fingir que seu braço não está ali. Quando teria ele aprendido essa arte?

Com a cintura presa, sentia-me sua marionete. Kojima atravessou a rua e se dirigiu a um local mais escuro. Eu o segui. Bem em frente, podia-se ver a escola. O portão estava fechado hermeticamente. Iluminada pelas luzes dos postes da rua, a escola parecia se agigantar. Kojima começou a subir pelo caminho que levava à barreira. Eu o acompanhei.

A festa acabara. Não se via viva alma. Nem mesmo um gato. Quando saíramos de lá, espalhava-se por todo lado restos de espetinhos de frango, garrafas vazias de saquê, embalagens de lula defumada e muitas outras e, apesar de antes haver pessoas se acotovelando sentadas sobre suas esteiras no chão, agora todas haviam desaparecido da barragem. Todo o lixo fora removido por completo e o terreno estava limpo, como se tivesse sido varrido com vassouras de bambu. Mesmo dentro das latas de lixo na barragem não se viam restos jogados fora após a festa. Era como se a contemplação das cerejeiras de pouco antes houvesse sido uma miragem, uma ilusão.

— Não resta mais nada — disse.

— Era de se esperar — replicou Kojima.

— Como assim?

— Essa raça de professores, você sabe, respeita à risca a moral pública.

Há alguns anos Kojima juntara-se aos professores em uma dessas festas de contemplação de cerejeiras, antes do início do período letivo. O que ele viu então foi a enorme limpeza executada pelos professores, iniciada no momento exato em que a festa se encerrou. Alguns recolhiam papéis jogados no chão em sacos de vinil trazidos por eles próprios. Outros empilhavam as garrafas vazias na carroceria do caminhão do vendedor de saquê conhecido do pessoal da escola, que comparecia pontualmente no momento em que a festa terminava (certamente lhe haviam pedido previamente para chegar nesse horário, Kojima explicou). Alguns distribuíam com imparcialidade entre os professores amantes de saquê as garrafas com resto da bebida. Outros aplainavam as deformidades do terreno com o ancinho de madeira usado no pátio da escola. Alguns recolhiam objetos esquecidos e os colocavam dentro de caixas. Os professores trabalhavam com agilidade como um batalhão bem treinado. Os restos da festa que até pouco antes ocorria com barulho desapareceram por completo em menos de quinze minutos.

— De tão admirado, fiquei estatelado apenas observando.

Teriam os professores, também este ano, limpado da mesma forma todo o resto da festa?

Kojima e eu caminhamos por algum tempo, pisando o solo onde até cerca de uma hora antes muitas pessoas deviam estar contemplando as flores. A lua brilhava. Iluminadas pelo luar, as flores floresciam esbranquiçadas. Kojima me levou até um banco a um canto. Como o fizera antes, passou o braço da mesma maneira curiosa pela minha cintura.

— Devo ter me embebedado um pouco — confessou ele. Suas bochechas estavam avermelhadas. Já apresentavam essa cor durante a festa e continuavam rubras. Apenas o rosto mostrava-se vermelho, não dando a perceber em seu comportamento absolutamente nenhum sinal de embriaguez.

— O frio continua — eu disse, sem saber bem o que falar. Afinal, o que estaria eu fazendo naquele lugar? Aonde teria ido parar o professor? Para onde teria ele ido, juntamente com a professora Ishino, após recolher rapidamente os sacos de lula defumada e os restos dos espetinhos de frango comprados na rua comercial, deixando o terreno limpo?

— Está com frio? — perguntou Kojima, ao mesmo tempo em que tirava o paletó para cobrir com ele meus ombros.

— Não falei nesse sentido — respondi instintivamente.

— Nesse sentido? Que sentido? — riu Kojima. Ele adivinhou minha perturbação. Não era, porém, nenhuma forma desagradável de adivinhação. Era como os pais vaticinando os segredos de seus filhos.

Durante algum tempo permanecemos encostados um ao outro. O paletó de Kojima me mantinha aquecida. Estava impregnado de um aroma leve de colônia. Kojima abriu um sorriso. Estávamos virados para a mesma direção, mas pude perceber seu sorriso.

— Você riu? — perguntei, continuando a olhar em frente.

— Porque você é a mesma dos tempos da escola.

— A mesma?

— Parece uma estudante.

Omachi, você está tensa. Kojima afirmou. Disse-o com candura. Em seguida, envolveu firmemente minha cintura e me abraçou. Seria mesmo assim? Permitiria eu ser abraçada por Kojima daquela forma? Meu espírito julgava aquilo um pouco estranho. Meu corpo, porém, se aconchegava cada vez mais ao dele.

— Está frio, melhor irmos a algum lugar mais quente — murmurou ele.

— Seria mesmo assim? — tentei colocar em palavras. Ele não entendeu bem. — Será que as coisas se passam assim tão rápido?

Kojima se levantou precipitadamente do banco sem responder a minha pergunta. Em seguida segurou meu queixo, enquanto eu permanecia sentada, erguendo meu rosto e me roubando um beijo.

Fui incapaz de resistir a um gesto tão rápido. Merda, pensei categoricamente. Foi descuido meu. Um lapso, mas tampouco desagradável. Não estava contente. Não era alegria que sentia, mas uma certa tristeza.

— Seria mesmo assim? — voltei a perguntar.

— Com certeza — foi a vez dele responder com uma dose de convicção.

Contudo, sentia faltar naturalidade à situação. Ainda de pé, ele aproximou de novo o rosto.

— Vamos parar por aqui — pedi da forma mais clara possível.

— Não vou parar — respondeu ele também nitidamente.

— Afinal de contas, você não gosta tanto assim de mim, estou certa?

Kojima meneou negativamente a cabeça.

— Gosto de você desde a época de estudante. Prova disso é tê-la convidado para sair. Não deu muito certo, infelizmente. — Seu ar estava sério.

— Você sempre gostou de mim? — indago, e ele abre um sorriso ligeiro.

— Pois é, as coisas na vida nem sempre acontecem como desejamos.

Ele ergueu os olhos para a lua. Ela estava ligeiramente encoberta.

Pensei no professor e em seguida em Kojima.

— Obrigada por hoje — agradeci, olhando para o contorno do queixo dele.

— O quê?

— Foi uma ótima noite.

Comparada a dos tempos de estudante, a papada sob o queixo de Kojima se avolumara. Sinal do passar do tempo. Porém, esse entumescimento não me causava repugnância. Ele me agradou. Ao mesmo tempo, lembrei-me do contorno do queixo do professor. Quando tinha a mesma idade que eu e Kojima, o professor provavelmente teria um volume semelhante sob o queixo. Contudo, ao contrário, no caso dele o tempo se encarregara de eliminá-lo.

Kojima me olhava com um ar de leve admiração. A lua estava clara. Mesmo encoberta, estava luminosa.

— Então, nada feito? — Kojima perguntou, soltando intencionalmente um suspiro.

— Creio que não.

— Que pena. Sou péssimo em encontros amorosos — confessou rindo. Ri também junto com ele.

— Você não é péssimo. Você me ensinou a fazer o vinho girar dentro do copo.

— Provavelmente é esse tipo de coisa que estraga tudo.

Kojima estava iluminado pelos raios do luar. Eu mantinha meus olhos fixos nele.

— Sou um cara legal? — perguntou, olhar fixo em meus olhos.

— Sem dúvida, você é um cara legal — respondi com convicção. Ele tomou minha mão e me fez levantar.

— Mesmo sendo legal, não tenho esperanças?

— Porque eu sou estudante.

— Deixe de coisas. Você não é mais estudante — disse ele, fazendo beiço. Com essa fisionomia ele se tornava semelhante a um estudante do ensino médio. Parecia um adolescente de menos de vinte anos, completamente ignorante de coisas como girar vinho dentro da taça.

Caminhamos pela barragem de mãos dadas. A mão dele estava tépida. A lua iluminava as flores. Onde estaria o professor agora?

— Sobre a professora Ishino, eu não me interessava muito por ela — confessei a ele enquanto caminhávamos.

— É mesmo? Como disse antes, eu gostava muito dela.

— Era o professor Matsumoto que você detestava, não?

— Isso. Afinal, ele era obstinado e inflexível.

Aos poucos, parecíamos ter voltado realmente aos tempos da escola de ensino médio. Brilhando sob o luar, o pátio da escola parecia esbranquiçado. Se continuássemos a avançar pela barragem, o tempo talvez suavemente voltasse atrás.

Caminhamos até a extremidade da barragem, voltamos até sua entrada e a partir daí fomos e voltamos novamente. Enquanto isso, continuávamos firmemente de mãos dadas. Quase sem trocar palavras, íamos e vinhamos várias vezes.

— Vamos embora? — propus, depois da enésima volta à entrada da barragem. Por um momento Kojima se calou, e por fim soltou delicadamente minha mão.

— Vamos sim — respondeu ele em voz miúda.

Descemos a barragem lado a lado. A madrugada avançava. A lua estava bem alta no céu.

— Pensei que continuaríamos caminhando até o amanhecer — balbuciou ele. Não disse isso se dirigindo a mim, mas em um tom como se murmurasse para o céu.

— Também tive vontade, por alguma razão — respondi, e ele me olhou sem pestanejar.

Por um tempo permanecemos nos olhando mutuamente. Depois, sem uma palavra, atravessamos a rua. Ele fez sinal para um táxi e me colocou nele.

— Se eu acompanhá-la até em casa, minha cabeça ficará cheia de ideias — explicou ele sorrindo.

— Tem razão — concordei, ao mesmo tempo que o táxi fechava a porta ruidosamente e partia.

Segui a silhueta de Kojima através da janela traseira. Ela ia aos poucos diminuindo de tamanho até desaparecer por completo.

Não me importaria que a cabeça dele ficasse cheia de ideias, murmurei baixinho para mim mesma, sentada no assento traseiro do táxi. Porém, sabia que, se isso acontecesse, mais tarde as coisas se complicariam. Estaria o professor sozinho no bar de Satoru? Comendo espetinhos de frango grelhados no sal? Ou lado a lado com a professora Ishino em algum restaurante especializado em *oden* ou algum lugar semelhante?

Tudo estava distante. O professor, Kojima e a lua permaneciam em locais afastados. Contemplei fixamente a paisagem se descortinando pela janela do táxi. O carro atravessava a cidade noturna a toda velocidade. Professor, pronunciei. Minha voz foi logo suprimida pelo som do motor. Em meio à paisagem que passava, podiam-se ver várias cerejeiras. Elas floresciam durante a noite, fossem árvores jovens ou velhas. Professor, repeti, mas logicamente essa voz não chegava a lugar nenhum. O táxi me conduzia pela cidade noturna.

Lucky chance

Dois dias depois da festa de contemplação das cerejeiras, esbarrei com o professor no bar de Satoru, mas, como foi no momento em que eu pagava a conta, apenas o cumprimentei e nos separamos.

Na semana seguinte nos cruzamos rapidamente na tabacaria em frente à estação, e nessa ocasião ele parecia apressado. Apenas trocamos um gesto de cabeça como saudação e nos separamos.

Assim chegou o mês de maio. As árvores ao longo das ruas e no bosque ao lado da casa começaram a se cobrir de folhas de um verde novo. Os dias quentes, mesmo em mangas curtas, alternavam-se com outros frescos que me faziam lembrar com saudades dos aquecedores *kotatsu* de inverno. Eu fui várias vezes ao bar de Satoru, mas parecia que o professor sempre estivera no bar em outro horário e não nos encontrávamos.

— Não sente saudades dos encontros com o professor? — Do outro lado do balcão Satoru me pergunta, entre outras coisas.

— Mas nós nunca tivemos encontros — respondo, e ele se espanta. Não gostei nada de ouvi-lo dizer "não brinca" em voz alta. Aborrecida, espetei com os hashi o sashimi de peixe-voador. Satoru lançou um olhar reprovador à minha mão dilaceradora. Pobre peixe. Mas não é minha culpa. Satoru é o culpado por ter falado alto "não brinca".

Por momentos continuei maltratando o sashimi. Satoru voltou para a frente da tábua de cozinha para preparar o pedido do cliente sentado na outra extremidade do balcão. A cabeça do peixe voador jazia brilhante sobre o prato. Seus olhos límpidos estavam arregalados. Num relance, peguei com os hashi o peixe que eu maltratara bastante e o afundei no molho de soja com gengibre. O gosto é um pouco peculiar, mas a carne estava bem firme. Bebi o saquê frio do copo e depois dei um giro pelo interior do bar. No quadro-negro estava anotado a giz o menu do dia. Bonito picado. Peixe-voador. Batatas novas. Favas. Porco cozido. O professor certamente pediria primeiro o bonito picado e as favas.

"Falando do professor, ele apareceu dia desses acompanhado de uma bela mulher", o homem obeso no assento ao lado do meu disse, dirigindo-se a Satoru. Este levantou ligeiramente o rosto da tábua de cozinha e, sem replicar ao que o homem dissera, gritou para o fundo do bar: "Um grande prato azul." Um rapaz apareceu vindo da pia dos fundos.

— Quem é esse? — o homem que se dirigia a Satoru perguntou.

— Um novato — Satoru o apresentou. O rapaz abaixou a cabeça em um cumprimento.

— Ele tem alguns traços seus, Satoru — comentou o homem, e Satoru assentiu.

— É meu sobrinho — declarou, e o rapaz novamente abaixou a cabeça.

Satoru começou a colocar o sashimi sobre o grande prato trazido dos fundos pelo jovem. O homem obeso continuou por instantes a observar a silhueta das costas do rapaz, mas logo voltou a se concentrar em seus tira-gostos.

O homem partiu, logo outros clientes começaram a pagar a conta e o interior do bar subitamente se acalmou. Do fundo do estabelecimento ouvia-se o barulho do rapaz usando a água. Satoru retirou um pequeno recipiente do refrigerador e dividiu o conteúdo em dois pratos pequenos. Colocou um deles diante de meus olhos.

— Foi minha esposa quem preparou esse tira-gosto. Se tiver vontade, experimente — ofereceu e com os dedos pegou ele próprio do outro prato um pouco do "tira-gosto preparado pela esposa", levando-o à boca. Fora feito de fios de inhame cozidos. Tinha um sabor mais denso por ter sido cozinhado por longo tempo e era mais apimentado do que aqueles preparados por Satoru. Delicioso, eu elogiei, e ele assentiu com um rosto sério, pegando mais um com os dedos e colocando na boca. Ele ligou o rádio colocado sobre uma prateleira. A partida de beisebol terminara e o noticiário estava prestes a começar. Comerciais de carros, lojas de departamento e *ochazuke*[6] instantâneo se sucediam.

— O professor tem aparecido com frequência nesses últimos tempos? — perguntei a ele, procurando demonstrar na medida do possível uma voz desinteressada.

---

6. Prato típico preparado com chá verde, posto sobre arroz cozido. No caso do instantâneo, despeja-se o conteúdo do envelope sobre uma porção de arroz cozido, e em seguida acrescenta-se a água quente. O resultado é um arroz embebido em uma mistura de chá verde, algas marinhas e temperos. [N.E.]

— Bem, podemos dizer que sim — assentiu Satoru de maneira ambígua.

— O cliente comentou que ele tem vindo acompanhado de uma linda mulher. — Minha voz mudara para a da cliente habitual que fofoca alegremente. Ignoro se tive ou não sucesso.

— Foi mesmo? Não me lembro — respondeu Satoru, mantendo os olhos abaixados.

Hum, eu murmurei. Hum, é mesmo?

Em seguida, eu e ele nos calamos. No rádio, era transmitida a opinião do repórter sobre uma chacina ocorrida na província A.

— Qual seria a motivação de um crime semelhante? — se indagou Satoru.

— É o fim dos tempos — respondi, e ele permaneceu por um tempo com a orelha colada ao rádio.

— Há mais de mil anos os seres humanos profetizam o fim do mundo — disse finalmente.

Do fundo do bar ouviu-se a voz baixa e risonha do rapaz. Riu durante algum tempo, talvez das palavras de Satoru ou de algo completamente sem relação. Pedi a conta, e Satoru fez o cálculo a lápis em um pedaço de papel. Afastei o *noren* da porta de entrada, ouvindo-o se despedir agradecendo. O vento noturno chegou-me às faces. Tremendo, fechei a porta pelo lado de fora. Um aroma úmido de chuva misturava-se ao vento. Um pingo atingiu-me a cabeça. Dirigi-me apressada para casa.

A chuva continuou por alguns dias. As folhas novas das árvores subitamente ganharam cores mais consistentes e da janela avistava-se verde por toda parte. Em frente a meu apartamento estão plantados vários olmos jovens. Castigados pela chuva, suas folhas verdes reluzem brilhantes.

Na terça-feira recebi um telefonema de Kojima.

— Que acha de pegarmos um cineminha? — propôs. Ok, eu respondi, e do outro lado da linha ele suspirou.

— O que houve?

— Por alguma razão fico tenso. Como se voltasse aos tempos de estudante — confessou. — Imagine que quando convidei uma garota para sair pela primeira vez, redigi no papel todo o roteiro do que diria a ela, como num organograma.

— E hoje você escreveu o organograma? — perguntei. Com voz grave Kojima respondeu não ter sido necessário.

— Até pensei em escrever.

Combinamos de nos encontrar no domingo em Yurakucho. Kojima é certamente uma pessoa bastante tradicional. Depois de assistirmos ao filme, ele me convidou para comer algo. Sem dúvida o "algo" seria em um restaurante de comida ocidental de Ginza. Num desses estabelecimentos antigos onde servem deliciosas sopas de língua bovina e croquetes de creme.

Pretendendo cortar o cabelo antes de me encontrar com ele, saí para a cidade na tarde de sábado. Por conta da chuva deveria haver menos gente do que o usual. Caminhei pela rua comercial girando minha sombrinha. Há quantos anos moro neste bairro? Desde que saí da casa de meus pais já vivi em outros locais, mas assim como os salmões voltam para o rio onde nasceram, sem perceber acabei retornando a este bairro onde nasci e cresci.

— Tsukiko! —Alguém me chamava, e ao me voltar me deparei com o professor de pé na minha frente. Calçava botas pretas de borracha e vestia uma capa de chuva presa firmemente por um cinto.

— Há quanto tempo, não?

— É — respondi. — Bastante tempo.

— No dia da festa das cerejeiras, você foi embora antes do fim.

— É — voltei a dizer. — Mas retornei mais tarde. — Acrescentei em voz baixa.

— Terminada a festa levei a professora Ishino até o bar de Satoru.

Ele pareceu não ter me ouvido dizer que voltara depois.

— É mesmo? O senhor a levou? Que bom. — Respondi abatida. Por que sempre que converso com o professor logo me sinto desalentada, irritada ou as lágrimas me adveem estranhamente aos olhos? Nunca fui do tipo de expor meus sentimentos.

— A professora Ishino é uma pessoa muito afável, não? Ela logo se entendeu bem com Satoru.

Isso porque ele é um comerciante e certamente tem jeito de lidar com os clientes. Era o que eu pensava replicar, mas engoli em seco as palavras. Não seria exatamente como se eu sentisse algo parecido com ciúmes pela professora Ishino? Absolutamente não era isso. Garanto que não.

O professor começou a caminhar empinando com retidão seu guarda-chuva. Sua maneira de andar mostrava estar convencido de que mesmo ele não dizendo nada eu o acompanharia. Porém, permaneci no mesmo local de pé, sem dar um passo. O professor por um momento caminhou sozinho sem virar para trás.

Percebendo finalmente que eu não o acompanhava, exclamou um "oh", olhou para mim e perguntou tranquilamente:

— Tsukiko, o que houve?
— Não houve nada. Vou ao cabeleireiro. Amanhã tenho um encontro. — Acabei falando mais do que devia.
— Encontro? Com um homem? — perguntou curioso.
— Isso mesmo.
— Não diga.
O professor voltou até onde eu estava. Olhou seriamente meu rosto.
— Que tipo de homem é ele?
— Que importa quem seja?
— É, tem razão.
O professor inclinou o guarda-chuva. Gotas de água escorregaram pela armação de arame até caírem. Os ombros dele estavam molhados.
— Tsukiko — Ele me chamou com voz extremamente grave e me fitou.
— Que... que foi?
— Tsukiko — repetiu ele.
— Sim.
— Vamos jogar *pachinko*.[7]
A voz dele se tornava cada vez mais grave.
— Agora? — Perguntei e ele assentiu pesadamente.
— Vamos agora, de imediato. Neste exato momento. — Sua voz denotava que se não jogássemos *pachinko* o mundo seria destruído. Subjugada, respondi afirmativamente. Ah, então, vamos logo a essa casa de *pachinko*. Acompanhei-o entrando em uma rua lateral a partir da rua comercial.

---

7. Divertimento japonês muito peculiar. Uma mistura de caça-níqueis e fliperama (pinball). [N.E.]

Na casa de *pachinko* tocava uma saudosa marcha militar ao estilo antigo. Porém, fora remixada de maneira bastante moderna. O som doce dos instrumentos de sopro se sobrepunha ao da guitarra baixo. O professor passava pelos corredores como se conhecesse bem o local. Parou em frente a uma das máquinas, olhou para um lado e para outro e passou à máquina seguinte. A loja estava lotada e provavelmente era assim nos dias de chuva, vento ou de bom tempo.

— Tsukiko, escolha a máquina que mais lhe agradar. — O professor parecia já ter escolhido onde sentar. Retirou a carteira do bolso da capa de chuva e puxou de dentro dela um cartão. Ele o inseriu agilmente no aparelho ao lado da máquina, recebeu o equivalente a mil ienes em bolinhas, retirou o cartão e o guardou de volta na carteira.

— O senhor vem sempre aqui? — perguntei, e ele assentiu com a cabeça sem responder. Parecia completamente absorto. Ajustou com prudência a manivela. Uma das bolas apareceu, e a ela se seguiram outras subindo uma por uma.

A primeira bola entrou. Várias outras saíram rolando para dentro do prato. O professor moveu com cuidado ainda maior a manivela. As bolas entraram várias vezes nos orifícios alinhados nos lados do painel e a cada vez seu número aumentava no prato.

— Estão saindo bastante — constatei atrás dele, e o professor meneou negativamente a cabeça, sem despregar os olhos do painel.

— Você não perde por esperar.

No momento em que ele disse isso, uma bolinha entrou no orifício no meio do painel e as três figuras alinhadas bem no centro começaram a girar. As figuras no painel circulavam à revelia. O professor aprumou as costas e calmamente continuou a lançar as bolas. Aparentemente tornara-se mais difícil do que antes para as bolinhas entrarem nos orifícios.

— Estão custando a entrar — disse eu, e o professor assentiu com um gesto de cabeça.

— Provavelmente porque, quando chega a este ponto, eu também fico tenso.

No painel, apareceram duas figuras idênticas. Apenas a última delas ainda continuava a girar. Por vezes parecia interromper sua rotação, mas de súbito recomeçava sua função.

— Se saírem três idênticas, algo bom acontece? — indaguei.

— Tsukiko, você nunca jogou *pachinko*? — replicou o professor, voltando-se em minha direção.

Nunca. Quando estava no primário, meu pai me levou uma vez e joguei *pachinko* em uma máquina antiga, em que as bolinhas pulavam uma a uma. E até me saí bem.

No momento exato em que terminei de dizê-lo, a terceira figura parou. As três exibiam o mesmo desenho.

No interior da loja ouviu-se o anúncio pelo alto-falante: "A *lucky chance* começou para o cliente da máquina número 132. Parabéns." A máquina do professor começou a piscar desesperadamente.

O professor já não olhava mais para mim, completamente concentrado em sua máquina. Mantinha as costas curvadas, algo que não lhe era peculiar. Uma após outra as bolinhas eram lançadas e aspiradas para uma tulipa aberta bem no centro do painel. A cada vez, elas deslizavam barulhentas para o prato na parte inferior da máquina. Um funcionário trouxe um recipiente grande e retangular. Com a mão esquerda o professor puxou a alavanca embaixo da máquina e, com a direita, manteve presa com firmeza a manivela. Mudando quase imperceptivelmente o ângulo, ele lutava para colocar na tulipa ainda que apenas mais uma bola.

O recipiente retangular se encheu de bolinhas.

— Já deve estar chegando ao fim — murmurou o professor. Quando o recipiente estava repleto de bolinhas até a borda, a tulipa se fechou e subitamente a máquina silenciou. O professor novamente se empertigou e afastou a mão da manivela.

— Saíram muitas — concluí, e ele assentiu sem parar de olhar em frente. Ele suspirou profundamente.

— Você não quer jogar? — perguntou, voltando-se para mim. — Encare como um estudo de costumes sociais.

É isso: um estudo de costumes sociais. O professor não tem jeito mesmo. Sentei-me na máquina ao lado dele. Compre você mesma as bolinhas. O professor disse, e eu comprei um cartão, inseri-o no aparelho e o equivalente a quinhentos ienes em bolinhas surgiram.

Imitando o professor, empertiguei as costas e lancei com seriedade as bolinhas, mas nenhuma delas entrava. Os quinhentos ienes em bolinhas simplesmente desapareceram num piscar de olhos. Puxei o cartão e comprei mais algumas. Desta vez, girei a manivela em diversos ângulos. A meu lado, o professor lançava as bolinhas tranquilamente. Pelo barulho, estavam caindo nos orifícios, embora as figuras no centro da máquina não começassem a se movimentar. Perdi mais quinhentos ienes e desisti de jogar. As figuras na máquina do professor se puseram de novo a girar.

— Será que aparecem novamente três idênticas? — perguntei, e o professor meneou negativamente a cabeça.

— A probabilidade é de uma em milhares. É impossível. Como ele dissera, quando as figuras pararam, todas eram diferentes. Em seguida, o professor continuou a jogar, aumentando pouco a pouco a quantidade de bolinhas, mas ergueu-se da cadeira quando constatou que o número das que saía era praticamente igual ao das que entravam. Dirigiu-se ao balcão carregando com facilidade o recipiente cheio. Depois de contar a quantidade de bolinhas, caminhou para o canto onde os prêmios estavam expostos.

— Não vai trocá-las por dinheiro? — perguntei, e ele olhou para mim fixamente.

— Para quem nunca joga, você sabe bem como as coisas funcionam.

— É. Meu ouvido capta muitas informações desnecessárias. — Disse, e o professor riu. Sempre associei os prêmios do *pachinko* a chocolate, mas havia vários outros, desde panelas elétricas a gravatas. O professor passou por cada objeto observando com atenção. Finalmente, recebeu no balcão uma caixa de papelão contendo um aspirador de mesa. Trocou as bolinhas restantes por cubinhos de chocolate.

Dou-lhe os chocolates.

Diante da loja ele me entregou mais de dez cubinhos de chocolate. Ofereci a ele alguns. Estendi-os como um leque de cartas de baralho, e ele pegou três deles.

O senhor jogou *pachinko* com a professora Ishino? Perguntei como quem não quer nada. Como?, ele replicou inclinando a cabeça. E você, Tsukiko, foi naquele dia com aquele homem a algum lugar? O professor revidou. Como? Foi minha vez de inclinar a cabeça.

O senhor, quem diria, joga bem *pachinko*. Eu disse, e ele franziu o rosto. Não se deve jogar a dinheiro, mas *pachinko* é divertido. Ele disse, mudando com todo cuidado a posição da caixa contendo o aspirador de mesa.

Lado a lado com o professor voltamos à rua comercial.

Que me diz de irmos ao bar de Satoru tomar algo? Vamos sim. Mas amanhã você não tinha um encontro? Sim, mas tudo bem. Verdade? Sim. Trocamos palavras em cochicho.

Não há problema, repetia para mim mesma me aproximando do professor.

As folhas novas já não eram mais brotos: haviam crescido bem verdes e em abundância. Nós dois caminhávamos lentamente sob o mesmo guarda-chuva. O braço do professor por vezes roçava meu ombro. Ele empunhava bem alto e a prumo o guarda-chuva.

— Será que o bar de Satoru já abriu? — perguntei.

— Se estiver fechado, vamos andar mais um pouco — respondeu ele.

— Vamos caminhar então? — sugeri, contemplando o guarda-chuva.

— Vamos — respondeu o professor, num tom resoluto semelhante à marcha que tocava na casa de *pachinko*.

A chuva amainou. Uma gota pingou sobre meu rosto. Quando fiz menção de enxugá-la com o dorso da mão, o professor me admoestou.

— Tsukiko, você não tem lenço?

— Tenho, mas estou com preguiça de pegá-lo.

— Ah, as jovens de agora...

Ajustei-me aos passos largos do professor. O céu estava claro, os pássaros começavam a gorjear. Ele continuava segurando firmemente o guarda-chuva apesar de a chuva ter praticamente cessado. Com o guarda-chuva mantido bem alto, seguimos caminhando pela rua comercial a passos particularmente tranquilos.

Trovoadas na estação das chuvas

Kojima me convidou a viajar.
— Há um albergue com comida deliciosa — declarou ele.
— Comida deliciosa — repeti como um papagaio, e ele assentiu com a cabeça. Sua expressão era séria como a de um estudante da escola elementar. Pensei comigo mesma que no passado o cabelo raspado devia lhe cair muito bem.
— Nesta estação do ano logo as trutas estarão no ponto de ser degustadas.
Hum, respondi. Um albergue refinado e que serve pratos gostosos. Realmente é algo bem próprio a Takashi Kojima.
— Gostaria de dar um pulo até lá antes de entramos na estação das chuvas?
Sempre que me encontro com Kojima me vem à mente a palavra "adulto".
Por exemplo, ele era com certeza uma criança quando era aluno na escola elementar. Uma criança bem bronzeada e com pernas de maçarico. O Kojima dos tempos da escola do ensino médio era um adolescente talentoso. Estava prestes a se despojar da pele de rapaz para se transmutar num jovem homem. Universitário, Kojima era um jovem homem. Essa palavra lhe caía como uma luva. Lembro-me bem. E a

partir dos trinta ele certamente se tornara um adulto. Indubitavelmente.

A idade e o comportamento apropriado a ela. O tempo de Kojima fluía por igual, seu corpo e mente cresciam por igual.

Quanto a mim, provavelmente ainda não me tornei "adulta". Na época da escola elementar eu era muito adulta. Porém, nas escolas secundária e média, com o avançar do tempo, deixei de sê-lo. Ademais, com o decorrer do tempo, acabei me transformando em uma adulta pueril. Talvez meu temperamento não se dê muito bem com o tempo.

— Por que não pode ser depois de entrar na estação das chuvas? — sondei.

— Porque a gente se molha, ora — respondeu ele conclusivo.

— Para isso existem guarda-chuvas — disse, e ele riu.

— Se ainda não notou, estou convidando você a ir viajar comigo, só os dois. Entendeu? — explicou, olhando fixamente meu rosto como se quisesse penetrar em meus pensamentos.

Havia compreendido o convite de Kojima desde que ele começara a falar sobre as trutas. Também estava ciente de que a viagem com Kojima não me desagradava. Por que então usava de subterfúgios ao me dirigir a ele?

— Podemos pescar trutas no rio aqui perto. E as verduras e legumes desta região são muito bons — explicou lentamente Kojima. Embora soubesse que eu estava me esquivando, ele procura manter o autocontrole, agindo como se não se importasse em absoluto. Pepinos recém-colhidos, batidos levemente com a faca, com polpa de ameixa salgada.

Berinjelas frescas cozidas em tiras finas ao molho de soja e gengibre. Repolho posto em conserva em pasta de farelo de arroz. Todos pratos caseiros, mas com legumes e verduras de sabor mais apurado, ele explicou.

— Eles colhem de hortas próximas e preparam no mesmo dia. Mesmo a pasta e o molho de soja são de fornecedores da região. Deve ser perfeito para alguém gulosa como você — acrescentou ele rindo.

Gosto da risada dele. Deu vontade de aceitar o convite. Mas não respondi nada. Sim, as trutas. Claro, os legumes e verduras. Eu balbuciava vagamente.

— Se tiver vontade de ir, me fale. Faço logo a reserva — sugeriu ele como quem não quer nada, pedindo mais uma porção.

Estávamos sentados no balcão do Bar Maeda. Devia ser nosso quinto encontro dessa forma. Kojima mastigava as sementes de girassol que enchiam um pequeno prato. Eu também pegava e mascava algumas delas. A senhora Maeda colocou delicadamente diante de Kojima um *Four Roses* com soda.

Sempre que venho com ele ao Bar Maeda tenho a impressão de que eu não deveria estar ali. Um jazz comum tocando baixinho. Um balcão muito bem polido. Copos completamente translúcidos. Leve cheiro de cigarro. Animação na medida exata. Tudo impecável. Isso me fazia sentir mal.

— Os girassóis estão deliciosos — declarei e peguei mais duas sementes. Kojima bebia com vagar seu conhaque com soda. Eu também tomei um pequeno gole da bebida dentro do copo a minha frente. Um Martini impecável.

Suspirei e repousei minha taça. Ela estava fria e ligeiramente anuviada.

— Será que já vamos entrar na estação das chuvas? — indagou o professor.
Satoru respondeu que provavelmente sim. O rapaz, aparentemente sobrinho de Satoru, assentiu com a cabeça. Ele se adaptou bem ao bar.
O professor se dirigiu ao rapaz e pediu uma truta. O moço soltou um "é para já" e logo penetrou nos fundos do bar. Não passou muito tempo para se começar a sentir o cheiro do peixe sendo frito.
— O senhor gosta de trutas? — perguntei.
— Aprecio a maioria dos peixes. Sejam de rio ou de mar — respondeu ele.
— Não diga. Então gosta de trutas.
O professor olhou fixamente para meu rosto. Tsukiko, você tem algo contra as trutas? Perguntou, me observando. Inclinou a cabeça e continuou de olhos fixos em mim.
Nada de especial. Apressei-me em responder, mantendo os olhos baixos. O professor permaneceu por momentos me olhando. Inclinou a cabeça e me observou fixamente.
Dos fundos o rapaz apareceu trazendo a truta em um prato. Acompanhava vinagre de pimenta-d'água.
— O verde desse vinagre combina bem com o ar da estação das chuvas — murmurou o professor contemplando a truta.
— Professor, esse negócio parece um poema — Satoru disse rindo. O professor respondeu não se tratar de um poema,

mas apenas sua impressão. Ele começou a comer, desmembrando delicadamente a carne da truta com os hashi. Sua forma comer é sempre minuciosa e suave.

— Se o senhor gosta tanto assim de trutas, não costuma ir a albergues em estações termais para degustá-las? — interroguei, e ele soergueu as sobrancelhas.

— Não iria especialmente para isso, com certeza — respondeu, voltando as sobrancelhas à posição original. — Mas o que deu em você hoje? Age de modo estranho.

Kojima me convidou para acompanhá-lo em uma viagem. Estive a ponto de dizer. Porém, logicamente, me calei. O professor esvaziou sua taça bem depressa. Depois de beber, descansou um pouco. Novamente comeu, bebeu e descansou. De minha parte, esvaziei a taça mais depressa do que de costume. Verti mais bebida, bebi e depois enchi novamente a taça. Já estava no terceiro frasco.

— Tsukiko, aconteceu algo? — perguntou o professor. Meneio negativamente a cabeça, instintivamente. Não há nada. Já disse que não há nada. Por que haveria algo?

— Se nada aconteceu, não há motivos para negar com tanta veemência. — Só restavam as espinhas da truta. O professor pegou com os hashi uma dessas frágeis espinhas. Estava sem nenhuma carne grudada nela. A truta estava um regalo. O professor cumprimentou Satoru. Ele agradeceu. Esvaziei às pressas minha taça. O professor fez uma expressão séria olhando para minha mão que a segurava.

— Hoje você está exagerando na bebida, Tsukiko. — Ele disse delicadamente.

— Me deixe em paz. — Respondi, e enchi minha taça. Bebi tudo de um fôlego só e assim esvaziei o terceiro frasco.

— Mais uma — pedi a Satoru. Saquê, ele gritou em direção ao fundo do bar. Tsukiko, o professor disse me olhando, mas eu virei o rosto.

— Uma vez que você pediu, não tem mais jeito, mas trate de não beber tudo — recomendou o professor em um tom incisivo incomum nele. Ao dizê-lo, bateu levemente em meu ombro.

— Está bem — respondi baixinho. De súbito, o saquê começava a fazer efeito. — Professor, bata mais. Disse com dificuldade de articular as palavras.

— Tsukiko, hoje você está uma criança mimada. — Ele riu e bateu repetidas vezes levemente em meu ombro.

Porque sou mesmo mimada. Sempre fui. Dizendo isso, toquei nas espinhas da truta que estavam no prato do professor. Moles, elas se curvaram. Ele afastou a mão de meu ombro e lentamente levou à boca sua taça. Ele o fez em silêncio, e não sei se percebeu que por instantes eu encostara meu corpo contra o dele.

Quando dei por mim estava na casa do professor.

Parecia estar deitada ao comprido diretamente sobre os tatames. Acima de meus olhos havia uma mesinha, e vi bem em frente os pés do professor. Ah, exclamei e me pus de pé.

— Acordou? — perguntou ele. As portas corrediças e as de proteção à chuva estavam abertas. O ar noturno penetrava o interior do cômodo. Esfriara um pouco. No céu deslumbrava-se vagamente a lua. Estava coberta por um halo espesso.

— Eu dormi? — indaguei.

— Sim, apagou — riu o professor. — Foi um longo sono. Olhei para o relógio. Passava um pouco da meia-noite.

— Não foi tanto assim. Cerca de uma hora.

— É bastante quando se dorme na casa de outrem — voltou ele a rir. Seu rosto estava mais vermelho do que de costume. Teria continuado a beber enquanto eu dormia?

Por que eu vim parar aqui? Indaguei, e ele arregalou os olhos.

Não se lembra de nada? Foi você quem insistiu gritando para vir.

Foi mesmo?, perguntei e novamente me alonguei sobre os tatames. Sinto a trama contra meu rosto. Meus cabelos estão entrelaçados, estendidos sobre o tatame. Deitada, contemplo as nuvens noturnas a flutuar pelo céu. Não quero viajar com Kojima. Pensei nitidamente. Ainda com a trama contra minha bochecha, me vem à mente o desconforto que sentira quando me encontrara com Kojima, leve mas impossível de apagar.

— Há marcas do tatame aqui — anunciei ao professor, continuando estendida.

— Onde? — perguntou ele e, dando a volta ao redor da mesinha, veio se colocar a meu lado. — Ah, estão bem nítidas, realmente — confirmou e tocou levemente meu rosto. Seus dedos estavam frios. Ele me pareceu mais alto do que de costume. Certamente por estar vendo-o de baixo para cima.

— Sua bochecha está morna.

Ele continuou a tocar minha face. As nuvens se movimentavam com rapidez. A lua por vezes praticamente se escondia por detrás de uma nuvem e no instante seguinte reaparecia parcialmente.

Está quente por causa de minha embriaguez. Respondi. O professor tremia levemente. Estaria ele também bêbado?

— Que acha de viajarmos juntos para algum lugar? — sugeri.

— Algum lugar? Para onde?

— Para um albergue onde sirvam trutas deliciosas, por exemplo.

— As trutas do bar de Satoru são mais do que suficientes. — O professor afastou seus dedos de meu rosto.

— Sendo assim, poderia ser uma estação de águas na montanha.

— Não é preciso ir tão longe, com o banho público Tsuru bem aqui na esquina. — O professor sentou-se sobre os calcanhares a meu lado. Seu corpo já não tremia. Como sempre, conservava a postura ereta.

— Vamos a algum lugar apenas nós dois. — Eu me levantei. Disse olhando fundo nos olhos do professor.

— Não vou a lugar nenhum — replicou o professor, olhando direto dentro de meus olhos.

— Ah, vamos, eu quero muito viajar com o senhor. — Estaria eu chapada? Só compreendia pela metade o que eu mesma pronunciava. Na realidade entendia tudo, mas minha mente fingia só captar metade de minhas palavras.

— Onde você acha que nós poderíamos ir, os dois?

— A qualquer lugar, o importante é estarmos juntos — gritei.

As nuvens flutuavam rápidas. O vento se avigorava. O ar estava úmido e pesado.

— Tsukiko, acalme-se — aconselhou o professor em um tom leve.

— Estou bastante calma.
— Volte para casa e durma.
— Não vou voltar para casa.
— Não diga tolices.
— Não é nenhuma tolice. Eu o amo, professor.

Senti um calor me invadir o estômago no momento em que pronunciei essas palavras.

Cometi um erro. Adultos devem evitar exprimir coisas que possam constranger as pessoas. Devem evitar proferir, impassíveis, palavras que os impeçam de se cumprimentarem sorrindo na manhã seguinte.

Contudo, era tarde demais. Porque afinal não sou adulta. Nunca poderei me tornar adulta como Kojima. Gosto do professor. Para me assegurar disso, repeti que o amo. Ele continuava a me olhar atônito.

Um trovão retumbou ao longe. No momento seguinte, uma luz atravessou as nuvens. Seria um relâmpago? Alguns segundos mais tarde, ouviu-se novamente um som de trovoada.

— Tsukiko, o céu acabou se tornando estranho porque você diz coisas esquisitas — murmurou o professor, debruçado na varanda.

Não é nada esquisito. Repliquei. O professor deu um sorriso amarelo.

— Deve piorar um pouco daqui para frente. — Ele fez correr as portas de proteção à chuva. Elas não deslizam bem. Fechou também as portas corrediças. Os relâmpagos se intensificavam. O som dos trovões se aproximava.

Estou com medo. Disse, me acercando do professor.

— Não há nada a temer. É apenas um fenômeno de descarga elétrica — respondeu ele calmamente, procurando me evitar. Acerquei-me novamente dele. A bem da verdade, trovoadas me apavoram.

— Não vá pensar que estou com segundas intenções, apenas estou atemorizada. — Disse cerrando os dentes. Os trovões estavam mais violentos. Houve um clarão, e um instante depois uma trovoada ecoou. Também começou a chover. Era forte o som da chuva açoitando as portas de proteção.

— Tsukiko. — O professor me olhou fixamente. Cobri as orelhas com as mãos e sentei ao lado dele, tesa como um bastão. — Você está realmente amedrontada.

Acedi calada. Com um rosto sério, o professor não desgrudava o olhar de mim, e logo em seguida caiu na gargalhada.

— Que moça estranha é você — ria satisfeito. — Venha, aproxime-se mais. Vou abraçá-la. — Ele me puxou para junto dele. Senti o cheiro do álcool. O aroma adocicado do saquê exalava do peito dele. Ainda sentado sobre os calcanhares, ele me colocou sobre seus joelhos e me abraçou firmemente.

Professor, eu disse. Com voz suspirante. Tsukiko, ele chamou meu nome. Com uma voz extremamente nítida de professor. Crianças não devem imaginar coisas estranhas. Apenas crianças têm medo de trovões.

Ele riu alto. Seu riso se sobrepôs ao retumbar da trovoada.

— Professor, eu o amo de verdade. — Disse apoiada sobre seus joelhos, mas minhas palavras não lhe alcançaram os ouvidos, apagadas pelo som do trovão e pelo riso dele.

As trovoadas se intensificaram. A chuva caía como se fustigasse o mundo. O professor ria. Confusa, abandonei metade do corpo nos joelhos dele. O que diria Kojima se nos visse agora?

Era tudo um tanto quanto absurdo. Ter gritado "eu te amo" para o professor, ter permanecido estranhamente calma quando ele não respondeu ao que eu lhe dissera, o súbito barulho do trovão, a umidade crescente no cômodo após fechadas as portas de proteção à chuva, tudo parecia um sonho.

Professor, seria isso um sonho?, perguntei.

Provavelmente. Quem pode afirmar? Ele respondeu alegremente.

Se for um sonho, quando acordaremos?

Quando seria? Não faço ideia.

Gostaria que não terminasse nunca.

Mas os sonhos sempre acabam, cedo ou tarde.

Uma trovoada ecoou forte logo após um relâmpago e me retesei. O professor acariciou minhas costas.

Espero que jamais acabe, eu repeti.

Seria bom. Ele respondeu.

A chuva fustigava violentamente o telhado. Sobre os joelhos do professor meu corpo se retesava de medo. Ele continuava me acariciando as costas delicadamente.

Em direção à ilha – 1

Então, afinal, estamos aqui.
A valise do professor está colocada a um canto do cômodo. A mesma de sempre.
— Suas coisas couberam todas nessa valise? — indaguei dentro do trem no caminho para cá. Ele assentiu com a cabeça.
— É suficiente para colocar as roupas para dois dias.
Ah, eu disse. O professor se deixava levar pelo balanço do trem, com uma das mãos posta levemente sobre a valise colocada sobre os joelhos. O professor e a valise se movimentavam para frente e para trás conforme o balanço do trem.
Tomamos o trem juntos, nos transferimos juntos para o navio, subimos juntos a ladeira na ilha e chegamos juntos a este pequeno albergue.
Teria ele decidido viajar dando-se por vencido após minha insistência naquela noite em que as trovoadas ecoaram indicando o começo da estação das chuvas? Ou teria mudado de opinião e decidido partir em viagem comigo, enquanto estava calmamente estendido no cômodo ao lado daquele onde eu me alongava sobre o colchonete reservado às visitas, que ele delicadamente estendeu para mim depois

de cessadas as trovoadas? Ou teria brotado nele subitamente o desejo de partir em viagem sem mais nem por quê?

— Tsukiko, que acha de irmos à ilha no próximo final de semana? — propôs ele sem rodeios. Foi no caminho de volta do bar de Satoru. A rua estava molhada pela chuva contínua. Algumas poças de água pareciam flutuar imaculadas dentro da noite sob a luz das lâmpadas elétricas. O professor não se dava ao trabalho de evitá-las, avançando com firmeza. Como eu me desviasse de cada poça d'água, pendia para um lado e para outro. Não avançava com a agilidade dele.

— Como? — redargui.

— Não era você quem sugeria outra noite irmos nos divertir em algum lugar nas montanhas?

— Nos divertir nas montanhas — repeti as palavras dele como uma perfeita idiota.

— É uma ilha para onde eu costumava ir muito antigamente...

Ele me contou que no passado visitava a ilha com certa frequência. Murmurou haver uma razão para isso. Que razão? Eu perguntei. Porém, ele não respondeu. Ao contrário, apertou o passo.

— Se você estiver ocupada, irei sozinho.

— Eu vou, eu vou — precipitei-me em responder.

Por isso estamos aqui.

Na ilha que o professor afirmou ter o costume de visitar com frequência. Em um pequeno albergue. Ele, sempre com sua valise. Eu, com uma mala nova comprada especialmente para a viagem. Juntos. Porém, em quartos separados. Por insistência dele, estou no quarto com vista para o mar e ele em outro voltado para o monte que dá forma à parte interior da ilha.

Tão logo coloquei meus pertences sobre o *tokonoma*[8] do quarto voltado para o lado do mar que me foi atribuído, fui bater na porta do quarto dele. *Toc-toc. Toc-toc.* Aqui é sua mamãe. Abra a porta cabritinho. Não tema, não sou um lobo. Veja como são brancas minhas patas dianteiras.

O professor simplesmente abriu a porta sem se importar em verificar minhas patas dianteiras.

— Vamos tomar um chá? — Ele sorriu ao abrir a porta. Retribuí o sorriso.

Tive a impressão de que o quarto dele era um pouco menor que o meu. Apesar de ambos contarem seis tatames cada, deveria ser pelo fato de a janela estar direcionada para a montanha.

— Quer vir ao meu quarto? É bastante agradável e pode-se ver o mar — convidei, mas ele meneou negativamente a cabeça.

— Um cavalheiro não deve adentrar sem cerimônias o quarto de uma donzela.

Ah, eu respondi. Não me importo que o cavalheiro adentre sem cerimônias. Pensei em acrescentar, mas, temendo me constranger caso ele não achasse graça, acabei desistindo.

Ignorava a intenção do professor ao me convidar para viajar. Ao aceitar o convite para acompanhá-lo na viagem, ele não alterou a expressão facial e mesmo dentro do trem ele continuava como sempre fora. Mesmo agora, sorvendo o chá, tem o mesmo aspecto de quando bebe em minha

---

8. Nicho em um cômodo japonês, utilizado para a exposição de pinturas, cerâmica, arranjos florais e outras formas de arte; espaço de recesso em uma sala de recepção estilo japonês, em que os itens para a apreciação artística são exibidos. [N.E.]

frente, ambos sentados sobre tatames quando o balcão no bar de Satoru está lotado.

Assim mesmo, estamos os dois aqui.

— Quer mais chá? — perguntei alegremente.

— Acho que vou querer sim — respondeu ele. Ainda mais contente me apressei a acrescentar mais água quente no bule. Ouviu-se o grito de uma gaivota vindo dos lados da montanha. Os guinchos dessas aves são estridentes e soam brutais. Neste momento de calmaria do anoitecer, elas parecem sobrevoar por toda a ilha.

— Vamos dar uma volta completa na ilha.

O professor propôs enquanto calçava os sapatos no vestíbulo do albergue. Eu estava prestes a colocar um par de sandálias com o nome do hotel escrito em caneta marcadora, mas o professor me impediu.

— Ao contrário do que se possa imaginar, a ilha tem muitas ladeiras e o terreno não é uniforme — explicou e apontou para meus sapatos colocados cuidadosamente dentro da sapateira. Eram de salto não muito alto. Quando os coloco, o topo de minha cabeça fica posicionado na altura dos olhos do professor.

— Mas meus sapatos não são apropriados para subir ladeiras — respondi, e o professor franziu levemente o rosto. Tão imperceptível, a ponto de ninguém neste mundo perceber. Contudo, eu agora não deixo passar nenhuma mudança na fisionomia dele.

— Vamos, não faça essa cara.

— Que cara?

— A de quem vê alguém incorrigível.
— Tsukiko, você não é esse tipo de pessoa.
— Sou sim.
— Longe disso.
— Por mais que afirmem o contrário, não tenho jeito mesmo.

Tornou-se uma discussão acirrada sem sentido. Enfiei as sandálias e o acompanhei. Sem nada nas mãos, ele andava lentamente com as costas bem eretas dentro de seu colete sem mangas.

O momento de calmaria passara e uma brisa suave começara a soprar. Uma massa de nuvens se acumulava na linha do horizonte. O sol prestes a cair no mar a tingia de um vermelho claro.

— Quanto tempo leva para dar uma volta completa na ilha? — perguntei, resfolegando ao subir uma ladeira. Como no dia em que fomos colher cogumelos com Satoru e seu primo, o professor não arfava nem um pouco. Subia tranquilamente o aclive íngreme em direção a um outeiro da ilha.

— A passo rápido, cerca de uma hora.
— A passo rápido?
— No seu ritmo, deve demorar umas três.
— Três horas!
— Você precisa se exercitar mais, Tsukiko.

O professor continuava a subir. Desisti de manter o mesmo ritmo de suas passadas e, parando no meio da ladeira, me pus a contemplar o mar. O sol poente se aproximava aos poucos do oceano. O vermelho lindamente irradiado nas nuvens se intensificou. Onde estarei agora? Afinal, o que estaria eu fazendo cercada pelo mar, no meio de um outeiro em um vilarejo de pescadores? As costas do professor a minha frente se distanciavam aos poucos. Por alguma razão, as costas dele me eram indiferentes. Apesar de termos vindo os dois nesta viagem — embora a "viagem" seja de meros dois dias —, o professor, aquela pessoa que caminhava logo em frente, avançando cada vez mais, me pareceu um estranho.

— Tsukiko, não se preocupe. — Ele se voltou.

Como?, elevei a voz de baixo da ladeira, e ele me fez um pequeno gesto.

— Resta pouco depois de chegar ao topo desta rampa.

— Esta ilha é assim tão pequena? Basta subir este aclive para ter concluído uma volta inteira? — Perguntei e ele esboçou mais um gesto.

— Tsukiko, use um pouco mais a cabeça. Logicamente, isso é impossível.

— É que...

— Como é possível dar uma volta completa com alguém sem preparo físico como você e ainda por cima calçando sandálias?

O professor realmente cismou com minhas sandálias. Venha logo, não fique aí olhando para o vazio. Ele me apressou e eu empinei a cabeça.

— Sendo assim, para onde estamos indo afinal?

— Pare de resmungar e trate de vir.

Ele subia cada vez mais. O caminho ao redor do outeiro, ao final da ladeira, se tornou ainda mais íngreme. A silhueta dele desaparecera de meu campo de visão. Apertei os pés fundo nas sandálias, apressando-me em acompanhá-lo. Professor, por favor, espere. Estou indo. Já vou. Disse isso e o segui.

O final da ladeira era o cume do outeiro. Era bastante amplo. Pelo caminho em continuação, árvores altas cresciam frondosas. Havia algumas casas reunidas ao pé das árvores, formando uma aldeia. Ao redor de cada uma delas viam-se pequenas hortas de pepino e tomate. Por detrás das cercas de metal grosseiras ao lado das plantações ouvia-se o cocoricó de galinhas.

Ultrapassada a aldeia, descortinava-se um pequeno pântano. Certamente divido à escuridão do crepúsculo, ele estava mergulhado em uma cor verde escura. À sua beira, o professor estava de pé, esperando por mim.

— Tsukiko, estou aqui, aqui. — Contra a luz do sol poente, tanto o rosto como o corpo dele pareciam completamente negros. Impossível distinguir sua fisionomia. Caminhei até ele, arrastando os pés dentro das sandálias.

A superfície do pântano estava coberta por aguapés, lentilhas-d'água e outras plantas. Vários alfaiates nadavam. Ao me colocar ao lado dele, pude ver seu rosto. Tinha uma expressão tão tranquila quanto a superfície do pântano.

— Vamos então — incentivou ele, pondo-se a caminhar. Era um pântano pequeno. O caminho o contornava, e desta vez descia ligeiramente. No lugar das árvores altas de antes, ao longo do caminho aumentava a quantidade de arbustos. O caminho se estreitou e o pavimento se tornou irregular.

— Chegamos. — O pavimento desaparecera e a terra estava exposta. O professor seguiu lentamente pelo caminho de terra. Eu o acompanhava fazendo barulho com minhas sandálias.

Diante de meus olhos se descortinava um pequeno cemitério.

Ao redor das campas próximas à entrada, a limpeza era primorosa, mas ervas daninhas cobriam o local ao fundo, onde se erguiam as lápides fusiformes e os túmulos em formato antigo e revestidos de musgo. Pisando sobre as ervas que lhe chegavam aos joelhos, o professor seguiu em frente, até o fundo do cemitério.

— Professor, até onde o senhor vai? — gritei. Ele se voltou e sorriu. Um sorriso tremendamente gentil.

— É logo ali. Veja, é aqui — disse e se agachou diante de uma pequena lápide. Ela também estava coberta de musgo úmido, embora em menor proporção que as demais campas velhas ao redor. Diante dela havia uma xícara de chá quebrada com água pela metade. Seria provavelmente água da chuva. Moscardos voavam zunindo ao redor de nossas cabeças.

Ainda de cócoras, o professor uniu as mãos, cerrou os olhos e orou imóvel. Os moscardos pousavam alternadamente em mim e nele. A cada vez, eu os espantava ruidosamente, mas, parecendo alheio a eles, o professor continuava a rezar.

Por fim, ele afastou as mãos e se levantou. Olhou para mim.

— É o túmulo de algum parente? — perguntei.

— Não sei se podemos chamar assim — respondeu vagamente.

Um moscardo pousou na cabeça dele. Desta feita ele se deu conta e balançou com força a cabeça. O inseto saiu voando como se estivesse espantado.

— É o túmulo de minha esposa.
Contive um grito. O professor sorriu novamente. Um sorriso tremendamente gentil.
— Aparentemente, ela morreu nesta ilha.

Ele explicou em um tom calmo que, após deixá-lo, a esposa teria vindo parar em uma aldeia na qual há um porto de onde partem navios para esta ilha. O homem com quem aparentemente teria vindo logo se separou dela, e ela, depois de se relacionar com vários outros homens, acabou vivendo com o último deles na aldeia situada na extremidade do cabo. Quando teria ela vindo para esta ilha de onde se vê o mar alto de tão perto? Finalmente, a esposa do professor se transferiu com esse último homem para a ilha e certo dia morreu atropelada por um dos raros carros que por aqui trafegam.

— Ela viveu livre e desenfreadamente — concluiu com ar sério o professor sobre o passado de sua "esposa".

— Realmente.

— E teve também uma vida singular.

— De fato.

— Não precisava ter sido atropelada por um carro em uma ilha tão tranquila.

O professor falava com emoção e em seguida deu um leve sorriso. Juntei as mãos por instantes em frente ao túmulo e em seguida ergui os olhos na direção dele. Ele olhava para mim sorrindo.

— Tsukiko, eu desejava vir com você até aqui — disse calmamente.

— Comigo?

— Sim, porque não vinha há algum tempo.

As gaivotas gritavam estridentemente, algumas delas voando em formação sobre o cemitério. O que o fez pensar em me trazer? Quando estava prestes a perguntar, as aves gritaram ainda mais forte. Minha voz foi coberta pelos seus guinchos, não chegando até o professor.

— Foi uma pessoa misteriosa — murmurou o professor, contemplando as gaivotas voando bem alto no céu. — Eu me pergunto se continuo a me preocupar com ela mesmo agora.

Mesmo agora. As palavras chegaram a mim alinhavadas pelos gritos das aves. Mesmo agora... Mesmo agora... Foi para me dizer isso que me trouxe até esta ilha sem vida? Gritei em pensamento. Contudo, isso também não se transformou em palavras. Olhei-o fixamente. Mantinha um leve sorriso nos lábios. Por que essa pessoa sorria tão pacatamente?

— Vou voltar para o albergue — anunciei finalmente e dei as costas ao professor. Tive a impressão de ouvi-lo me chamar atrás de mim, mas talvez fosse apenas minha imaginação. A passos rápidos percorri o caminho entre o cemitério e o pântano, atravessei a aldeia, desci a ladeira. Retornei várias vezes a cabeça, mas ele não me acompanhava. Pensei ter entendido novamente a voz dele chamando meu nome. Professor, gritei em resposta. As gaivotas são insuportáveis. Esperei um pouco, mas não ouvi mais a voz. Aparentemente ele não viria atrás de mim. Estaria rezando sozinho no cemitério? Só e emocionado. Voltado em direção à esposa ainda não esquecida. Voltado para a mulher morta.

Velho crápula. Disse e repeti inúmeras vezes para mim mesma. O velho crápula certamente deve estar dando uma volta animada pela ilha. Vamos esquecer dele, voltar ao albergue e entrar no ofurô bem quente a céu aberto. Tenho que aproveitar, já que vim até esta ilha. Vou me divertir com ou sem ele. Afinal, até agora sempre fui só. Sempre bebi saquê sozinha, me embebedei sozinha, me diverti sozinha.

Desci a ladeira a passos ágeis. O sol poente estava prestes a mergulhar no mar. O som das sandálias era bastante desagradável. Os gritos das gaivotas que atulhavam a ilha eram insuportáveis. A cintura deste vestido que comprei especialmente para esta viagem me aperta. As solas dos pés me doem de tanto bater nas sandálias. Sinto a desolação de não ver viva alma à beira-mar ou por este caminho. E é revoltante que esse professor idiota não me tenha seguido.

Afinal, minha vida é apenas isso. Andar sozinha por um caminho misterioso de uma ilha desconhecida, perdida de seu acompanhante, o professor, que eu acreditava conhecer, mas que de fato é para mim uma incógnita. Em uma situação assim, o jeito é ir beber. Dizem que as especialidades da ilha são os polvos, os haliotes e os grandes camarões. Vou comer montanhas de haliotes. Como foi o professor quem me convidou, porei tudo na conta dele. Ele terá de me carregar nas costas quando estiver de ressaca. Esquecerei por completo ter pensado por um instante em passar com ele alguns bons momentos.

Uma lanterna suspensa na calha iluminava o albergue. Duas enormes gaivotas estavam pousadas no telhado. Com o corpo arredondado sobre si mesmas, estavam imóveis na extremidade das telhas como deusas protetoras. A noite caiu por completo, e os gritos das gaivotas cessaram sem que eu percebesse.

Boa noite, disse ao abrir ruidosamente a porta de entrada do albergue. Bem-vinda de volta, ouvi uma voz clara vinda do fundo. Senti o aroma de arroz sendo cozinhado. Visto de dentro do albergue, o exterior estava imerso na escuridão.

Professor, está escuro. Eu murmurei. Professor, já escureceu, volte logo. Não me importa que mesmo agora pense em sua esposa, mas venha logo e vamos beber saquê juntos. Murmurava, esquecendo por completo minha raiva de pouco antes. Seja meu amigo, não para tomarmos chá, mas para bebermos saquê. Não espero mais do que isso. Volte logo. Murmurei repetidas vezes me dirigindo à noite do lado de fora. Imaginei ver a silhueta do professor na escuridão da ladeira que vem ter no albergue. Todavia, essa silhueta parecendo flutuar diante de meus olhos nada mais era do que a própria escuridão. Professor, volte logo. Continuei a balbuciar sem fim.

Em direção à ilha – 2

— Veja, Tsukiko, os polvos aparecem na superfície. — O professor apontou e eu assenti firmemente.

Seria o que se pode chamar de um fondue de polvo. Após jogar em uma panela com água fervente o polvo cortado em tiras transparentes de tão finas, pega-as com os hashi sem demora no momento em que surgem à superfície. Quando passadas em molho a base de vinagre, a doçura e o aroma de frutas cítricas se misturam dentro da boca, criando um sabor exótico.

— Quando colocada na água fervente, a carne transparente do polvo embranquece assim — falou o professor no mesmo tom de quando bebe saquê a meu lado no bar de Satoru.

— É branco. Tem razão. — De meu lado estava insegura. Não sabia o que fazer: se devia rir ou permanecer calada.

— Justo antes disso, não há um instante em que se tinge de cor pêssego, apenas de leve?

— Sim.

Respondi em voz miúda. Depois de me olhar com uma expressão sorridente, o professor pegou com os hashi três tiras de polvo de uma só vez.

— Você está muito quieta hoje, Tsukiko.

Depois de um bom tempo, o professor finalmente desceu a ladeira. Os gritos das gaivotas haviam cessado por completo e a escuridão acentuara. Disse "um bom tempo", mas talvez tivessem passado apenas cerca de cinco minutos. Esperava o professor de pé diante do albergue. Ele voltou sem se perder na escuridão, com os sapatos emitindo um leve ruído. Ao chamá-lo, ele redarguiu:

— Ah, Tsukiko, estou de volta.

— Bem-vindo — saudei e, me colocando a seu lado, entramos no albergue.

— Esses haliotes são magníficos — admirou-se o professor, enquanto abaixava o fogo da panela do fondue de polvo. Em um prato de tamanho médio, quatro conchas de haliote estão alinhadas e preenchidas com grande quantidade da carne do molusco.

— Coma bastante, Tsukiko.

O professor adicionou um pouco de wasabi ao molho de soja, passando e embebendo nele o haliote. Mastigou-o lentamente. Ao fazê-lo, seus lábios eram os de um idoso. Eu também mastiguei um haliote. Meus lábios certamente ainda são os de uma jovem. Seria bom que eles se tornassem os de uma pessoa de idade. Naquele instante, pensei nisso vivamente.

Fondue de polvo. Haliotes. Mexilhões *mirugai*. Peixes-gato. Ostras gigantes cozidas. Enormes camarões fritos. Os pratos se sucediam. A partir do peixe-gato, o ritmo dos hashi do professor desacelerou. Ele tomava pequenos goles de saquê, inclinando levemente a taça. Eu comia um após o outro os quitutes que surgiam e, falando pouco, esvaziei várias taças.

— Está gostoso, Tsukiko?
O professor perguntou como se tratasse carinhosamente uma neta gulosa.
— Uma delícia.
Respondi bruscamente.
— Uma delícia! — repeti a resposta com mais emoção do que na vez anterior.
Quando chegaram o cozido de legumes e os picles em salmoura, estávamos os dois bastante satisfeitos. Recusamos o arroz e decidimos continuar apenas no missoshiru. Terminamos lentamente de beber o saquê restante, acompanhado da sopa de delicioso molho de peixe.
— Bem, acho que já é hora de repousarmos. — O professor se levantou segurando a chave do quarto. Eu também me ergui em seguida, mas, como o efeito do saquê fora maior do que eu imaginara, minhas pernas vacilaram. Tentei andar, mas cambaleei e acabei caindo para a frente, encostando as mãos no tatame.
— Cuidado, cuidado. — O professor me olhava do alto.
— Pare de dizer para eu me cuidar e me ajude por favor — reclamei baixinho, e o professor riu.
— Finalmente voltou a ser a Tsukiko de sempre — disse, estendendo-me a mão.
Ele segurou minha mão enquanto subíamos a escada. Eu interrompi os passos no meio do corredor, diante do quarto do professor. Ele enfiou a chave na fechadura. Ouviu-se o ruído da porta sendo aberta. Eu continuava de pé no corredor, cambaleante, admirando as costas dele.
— Tsukiko, este albergue é famoso pela sua água quente — informou o professor, voltando-se para mim. Ah, exclamei com voz alheia, continuando a cambalear.

— Depois de descansar um pouco, vá tomar um banho quente.

Ah.

— Para melhorar um pouco a ressaca.

Ah.

— E se depois do banho você achar que a noite ainda será longa, venha até meu quarto.

Dessa vez não exclamei nenhum Ah. Em vez disso, arregalei os olhos. Como? O que significa isso?

— Não tem nenhum significado em particular — ele respondeu e desapareceu para além da porta.

A porta se fechou diante de meus olhos e continuei ainda um pouco vacilante no corredor. Suas palavras ruminavam em minha mente turvada pela embriaguez. Venha até meu quarto. Não havia dúvidas de que dissera isso. Porém, o que aconteceria se eu fosse? Era pouco provável que ele desejasse jogar *hanafuda*[9] ou baralho. Continuar a beber? Talvez ele propusesse de repente "Vamos cantar", o que seria bem de seu feitio.

— Tsukiko, não crie expectativas — murmurei, enquanto me dirigia a meu quarto. Ao abrir a porta e ligar a luz, um futon estava estirado no meio do cômodo. Minhas coisas haviam sido colocadas em frente ao *tokonoma*.

Troquei a roupa por um *yukata* de algodão e, enquanto procedia aos preparativos para entrar no ofurô, repeti inúmeras vezes:

— Não crie expectativas. Não crie expectativas.

---

9. *Hanafuda* ou "baralho de flores" é um jogo tradicional japonês composto de 48 cartas, contendo a cada quatro cartas o desenho de flores de um dos meses do ano. [N.T.]

A água da fonte termal era delicada à pele. Lavei os cabelos, entrei e saí várias vezes da água e, sem perceber, mais de uma hora havia passado quando acabei de secar os cabelos com cuidado no vestiário.

Voltei ao quarto, abri a janela e a brisa noturna penetrou. O barulho das ondas se ouvia mais próximo do que quando a janela estava fechada. Por momentos permaneci debruçada sobre o parapeito.

Desde quando eu e o professor nos tornáramos assim tão próximos um do outro? De início, ele era para mim um homem distante. O "professor dos tempos da escola de ensino médio", desconhecido, idoso, em um passado longínquo. Mesmo depois que começamos a manter conversações, eu não olhava com atenção para seu rosto. Era a presença vaga de alguém bebendo calmamente saquê bem ao lado de meu assento no balcão.

Apenas a voz dele conservou-se em meus ouvidos desde o primeiro momento. Uma voz ressonante, que, apesar de levemente alta, tinha misturada uma modulação bastante grave. A voz fluía da presença ilimitada próxima ao balcão.

Sem me dar conta, ao me aproximar dele comecei a sentir o calor que irradiava de seu corpo. A sensação dele transpassava pela camisa social bem engomada. Uma sensação de afeto. Com a forma do professor. Uma forma digna, porém branda. Ainda hoje não consigo apreender com firmeza essa sensação. Ela se evade no momento mesmo em que tento capturá-la. Quando penso que fugiu, novamente se aproxima.

Se, por exemplo, minha pele se sobrepusesse à dele, provavelmente a sensação dele se firmaria em mim. Porém, a sensação, essa coisa originalmente muito vaga, é provavelmente algo fugidio por mais que se tente prendê-la.

Uma grande mariposa voava atraída pela lâmpada do quarto. Deu um giro pelo cômodo, espalhando o pó de suas asas. Puxei o fio ligado ao comutador da lâmpada e reduzi a luminosidade para uma luz laranja. A mariposa flutuou indócil até finalmente voar para fora.

Esperei por algum tempo, mas a mariposa não voltou.

Fechei a janela, ajeitei a cinta de meu *yukata*, passei levemente batom nos lábios e peguei um lenço. Saí ao corredor e fechei a porta de meu quarto, evitando na medida do possível provocar ruído. Algumas mariposas se aglomeravam na pequena lâmpada do corredor. Inspirei profundamente antes de bater na porta do quarto do professor. Apertei levemente os lábios um contra o outro, ajeitei com a palma da mão os cabelos e em seguida inspirei fundo mais uma vez.

"Professor", chamei, e de dentro ouvi a resposta: "Está aberta." Girei com cuidado a maçaneta da porta.

O professor tinha os cotovelos apoiados sobre uma mesinha baixa. Bebia uma cerveja com as costas voltadas para um futon colocado a um lado.

— Não tem saquê? — perguntei.

— Tem no refrigerador, mas não quero mais — declarou, inclinando a meia-garrafa de cerveja. Uma linda espuma se elevava dentro do copo. Eu trouxe também um copo, colocado com a boca para baixo em uma bandeja sobre o refrigerador. Por favor, eu disse. Ao estender o copo diante do professor, ele riu, fazendo também se elevar uma graciosa espuma.

Sobre a mesinha há alguns queijos triangulares embrulhados em papel-alumínio.

— O senhor os trouxe? — perguntei, e ele assentiu com a cabeça. — Preparou tudo muito bem.

— Lembrei-me de colocá-los na valise no momento de partir.

Era uma noite calma. Podia-se ouvir vagamente o som das ondas pelo vidro da janela. O professor abriu a segunda meia-garrafa de cerveja. O som da tampa sendo aberta ecoou por todo o quarto.

Estávamos bastante calados ao terminar a segunda garrafa. Por vezes, o som das ondas se intensificava.

— Está silencioso — disse eu, e o professor assentiu com a cabeça.

— Está silencioso — repetiu ele um pouco depois, e foi minha vez de concordar.

O papel-alumínio envolvendo o queijo fora desfeito e estava aberto. Eu o amassei no formato de uma bolinha. Lembrei-me que quando criança fazia bolas bem grandes com o papel-alumínio dos chocolates em palito. Eu os esticava meticulosamente e os juntava uns sobre os outros. Quando, por vezes, vinham envoltos em papel dourado, eu os punha em separado. Acho que eu os guardava na gaveta inferior da escrivaninha para colá-los na estrela no alto da árvore de Natal. Recordo que, quando o Natal chegava, eu os colocava sob meus cadernos ou sob minha caixa de massa de modelar e acabavam todos amassados.

Está silencioso. Repetimos pela enésima vez, mas desta feita tanto eu como o professor o dissemos ao mesmo tempo. Ele se ajeitou sobre a almofada onde estava sentado. Eu também me aprumei. Sem parar de brincar com a bola de papel-alumínio, coloquei-me de face para ele.

Ele abriu a boca em um formato que parecia querer dizer um A. Porém, não emitiu nenhum som. Percebi senilidade em sua boca aberta. Senti-o ainda mais idoso do que quando mastigava os haliotes há pouco. Desviei calmamente o olhar. Ao mesmo tempo, ele também redirecionou o olhar.

O som das ondas não cessava.

— Já é tarde, que tal ir dormir? — sugeriu serenamente o professor.

Respondi afirmativamente. O que poderia eu dizer? Levantei-me, fechei a porta atrás de mim e caminhei para meu quarto. Um número ainda maior de mariposas se reunia na lâmpada do corredor.

Acordei de repente de madrugada.

A cabeça me doía. Não havia sinais de que houvesse mais alguém dentro do quarto. Tentei reviver aquela sensação indefinida do professor, sem sucesso.

Uma vez acordada, fui incapaz de pegar novamente no sono. Ouvi bem perto do ouvido o som do relógio de pulso posto ao lado do travesseiro. Quando penso que está próximo, o som se distancia. No entanto, o relógio permanecia na mesma posição. É curioso.

Permaneci imóvel por algum tempo. Em seguida, procurei tocar meus seios dentro do *yukata*. Não eram flácidos nem rijos. Escorreguei a mão e acariciei meu estômago. É bem liso. Avancei mais para baixo. Toquei com a palma da mão uma parte macia. Mesmo me tocando à toa, não sentia nenhum prazer. Mas também percebi que não seria diferente mesmo se imaginasse ser o professor quem me tocava.

Permaneci deitada por cerca de meia hora. Esperava que ouvindo o som das ondas dormiria naturalmente, mas meus olhos continuavam bem abertos. Talvez o professor também tivesse os olhos abertos na escuridão.

Bastava começar a pensar para a imaginação voar livre. A certa altura acreditei que o professor me chamava de seu quarto. Se deixarmos soltos os sentimentos noturnos, eles se agigantam. Era incapaz de me conter. Sem ligar a luz, abri a porta do quarto. Fui até o toalete no final do corredor. Imaginei que se minha bexiga se acalmasse o sentimento exagerado desvaneceria. Porém, meu sentimento não arrefecia.

Voltei a meu quarto, passei levemente de novo o batom e fui até defronte do quarto do professor. Colei o ouvido na porta perscrutando o interior. Exatamente como um ladrão. Ouvi algo, mas não era a respiração do sono. Apurei os ouvidos: o som por vezes se avolumava. Professor, eu balbuciei. Professor, o que houve? O senhor está bem? Está passando mal? Quer que eu entre?

De súbito, a porta se abriu. Cerrei os olhos, cega pela luminosidade vinda de dentro do quarto.

— Tsukiko, não fique plantada aí, entre. — O professor me convidou com um gesto. Abri os olhos e eles logo se acostumaram à luz. Aparentemente, ele estava escrevendo algo. Havia alguns papéis espalhados sobre a mesa.

— O que está escrevendo? — perguntei, e ele me mostrou uma folha que pegou de cima da mesa.

No papel estava escrito "*Carne de polvo de um indefinido vermelho*". Enquanto eu admirava a folha seriamente, ele disse:

— Não consigo criar as palavras de desfecho do poema. O que eu poderia colocar depois desse *indefinido vermelho?*

Sentei-me pesadamente sobre uma almofada. Enquanto eu me angustiava pensando nele, o professor se atormentava com polvos e coisas do gênero.

— Professor — pronunciei baixinho. Ele ergueu calmamente o rosto. Em uma das folhas espalhadas sobre a mesa, via-se um desenho mal rabiscado de um polvo com um lenço de padrão de pintinhas enrolado à cabeça.

— O que foi, Tsukiko?

— Bem, é que...

— Sim.

— Professor.

— O que há afinal com você?

— Que me diz de *fragor do mar*?

Vejo-me incapaz de chegar próximo ao ponto central. Ignoro se existiria ou não um ponto central entre mim e o professor.

— Você propõe *Carne de polvo de um indefinido vermelho, fragor do mar*? Hum...

Ele não percebe em absoluto minha situação desesperadora ou finge não notar, escrevendo o verso em um papel. Escreve o verso recitando-o.

— É realmente muito bom. Tsukiko, você tem boa sensibilidade.

Ah, repliquei. Sem deixar o professor perceber, levei um lenço de papel delicadamente aos lábios e limpei o batom. O professor balbuciava algo, reestruturando o poema.

— Tsukiko, que tal *Fragor do mar, carne de polvo de um indefinido vermelho*?

Então, o que acho? Está perfeito. Abri os lábios descolorados e novamente sem forças pronunciei um Ah. O professor anotou alegremente o verso no papel, girando a cabeça e assentindo para si.

— Isso é puro Bashô! — declarou ele. Eu não tinha forças para replicar. Apenas meneei afirmativamente a cabeça. Bashô escreveu: "*Mar ao anoitecer, grasnar dos patos de um indefinido branco.*" O professor começou uma aula enquanto escrevia no papel. Em plena madrugada.

Pode-se dizer que nosso verso composto a quatro mãos se baseou no haiku de Bashô. O verso dele é curioso pela quebra rítmica. Não poderia ser: "*Mar ao anoitecer, de um indefinido branco, grasnar dos patos.*" Se assim fosse, o *de um indefinido branco* acabaria vinculado tanto ao mar quanto ao pato. Com o posicionamento na parte inferior, o verso ganha vida. Entende? Com certeza você compreende. Experimente também compor versos, Tsukiko.

Sem alternativa, pus-me ao lado do professor para elaborar versos. Por que as coisas chegaram até ali? Já passava das duas da manhã. Que situação era aquela afinal, em que eu contava as sílabas para criar algum verso medíocre como "*Grandes mariposas, atraídas pela luz do crepúsculo, parecem tristes*"?

Eu compunha os versos enraivecida. Era a primeira vez na vida que eu o fazia, mas compus um após o outro. Criei uma ou duas dezenas deles. Ao final, exausta, encostei a cabeça no futon do professor e me estirei sobre o tatame. Minhas pálpebras cerraram e não consegui mais abri-las. Meu corpo foi puxado (aparentemente o professor me arrastou) e fui colocada no centro do futon, perdendo a partir daí a consciência, embora ao abrir os olhos ouvisse o costumeiro som das ondas e uma luz vazasse por entre as cortinas.

Sentindo certo aperto, olhei para o lado e vi o professor dormindo. Eu adormecera com a cabeça apoiada em seu braço. Ah, gritei e me levantei. E sem pensar em nada, fugi de volta para meu quarto. Enfiei-me dentro do futon, mas logo pulei para fora dele, dei várias voltas dentro do quarto, abri a cortina, fechei a cortina, me enfiei de novo dentro do futon, puxei a coberta até cobrir toda a cabeça e com a mente vazia voltei ao quarto do professor. Ele estava bem acordado me esperando dentro do futon, no meio do quarto imerso na penumbra das cortinas fechadas.

— Tsukiko, venha — convidou docemente, virando a barra do futon.

Sim, respondi baixinho e me enfiei dentro do futon. Senti o professor próximo de mim. Professor, disse, e afundei meu rosto em seu peito. Ele beijou diversas vezes meus cabelos. Ele acariciou meus seios por cima do *yukata*, até tocá-los já não mais por cima da roupa.

— Você tem seios encantadores. — Era o mesmo tom de quando explicava sobre o haiku de Bashô. Segurei o riso, ele também. — Belos seios. Você é uma boa moça, Tsukiko.

O professor acariciava minha cabeça ao dizê-lo. Várias vezes. Sentia vontade de dormir ao ser acariciada. Desse jeito eu durmo, professor, eu disse. Vamos dormir, Tsukiko, ele replicou.

Mas eu não quero dormir. Balbuciei, mas minhas pálpebras não conseguiam permanecer abertas. A palma da mão do professor não estaria soltando uma substância soporífera? Não quero dormir. Desejo ser abraçada pelo senhor. Pensei em dizê-lo, mas minha língua não se movimentava direito. Não quero dormir, não quero, não, n... No final, as palavras saíam entrecortadas. Sem perceber, o movimento da palma da mão do professor também cessara. Ouvi um leve respirar de sono. Professor, disse reunindo as últimas forças. Tsukiko, ele respondeu com uma voz que reunia todas as suas forças.

Percebi em meus ouvidos prestes a cair no sono a voz das gaivotas gritando sobre o mar. Professor, não durma. Pensei em dizer, mas já não podia. Fui puxada para um sono profundo nos braços dele. Eu me desesperei. Desesperada, fui arrastada para dentro de meu sonho, muito distante do sonho do professor. Muitas gaivotas gritavam à luz matinal.

Marisma (Um sonho)

Notei algo farfalhando: era uma canforeira do lado de fora. Às vezes, o som parecia dizer "vem, vem", outras vezes "quem, quem". Apenas coloquei a cabeça para fora da janela aberta e a contemplei. Alguns passarinhos voavam ao redor dos galhos da árvore. Adejavam rápido. Era impossível distingui-los. A cada novo giro, podia-se sentir sua presença pelas folhas se agitando.

Isso me fez lembrar dos pássaros nas cerejeiras no jardim da casa do professor. Foi à noite. Em plena escuridão eles batiam inúmeras vezes as asas para depois silenciar. Os passarinhos na canforeira não paravam. Continuavam voando sem cessar. A cada vez a árvore clamava "vem, vem".

Há algum tempo não encontrava o professor. Mesmo indo ao bar de Satoru, não o via de costas no balcão.

Ouvindo o barulho de "vem, vem" da canforeira, pensei em ir novamente ao bar de Satoru hoje à noite. A estação das favas terminou, mas com certeza já surgem os primeiros grãos de soja. Os passarinhos da canforeira continuam a voar em círculos provocando barulho na folhagem.

Sentei-me na extremidade do balcão e pedi tofu gelado. O professor não está. Nem no espaço com tatame nem sentado a uma mesa.

Acabei de beber uma cerveja, passei para o saquê, e o professor não apareceu. Por um instante pensei em ir visitá-lo, mas seria atrevimento chegar a esse ponto. À medida que tomava várias doses de saquê vagamente, o sono foi me assaltando.

Fui ao toalete e, sentada, contemplei da pequena janela o exterior. Fui assaltada por uma melancolia ao admirar o céu azul pela janela. Creio ter lido um poema com teor semelhante, pensei enquanto me aliviava. A janela do toalete com certeza era um convite à melancolia.

Realmente acho que vou visitar o professor. Pensava nisso ao sair do toalete e eis que me deparo com ele. Estava sentado distante dois assentos do meu, como sempre bem aprumado na cadeira.

— Pronto, seu tofu gelado. — O professor recebeu de Satoru a tigela por sobre o balcão e verteu sobre o tofu o molho de soja. Pegou delicadamente uma porção com o par de hashi e a levou até a boca.

— Está delicioso, não? — disse o professor, voltando-se em um gesto rápido em minha direção. Pronunciou-o sem preâmbulos nem cumprimentos, como se até então estivesse conversando comigo.

— Eu também comi há pouco — expliquei, e ele assentiu com um leve gesto de cabeça.

— Tofu é algo formidável.

— Ah.

— Pode ser servido quente, gelado, cozido, frito. É polivalente — concluiu sem interrupção, enquanto levava a taça aos lábios.

MARISMA (UM SONHO)

Bem, vamos beber, faz tempo. Propus, vertendo saquê na taça dele. Sim, bebamos, Tsukiko. Ele repetiu.

No final das contas, nessa noite continuamos a beber até de madrugada. Foi uma noite de bebedeira como jamais tivéramos.

Aquelas várias formas parecidas a agulhas alinhadas no horizonte seriam barcos navegando em alto-mar? Por momentos, eu e o professor as acompanhamos com o olhar. À medida que as contemplava, os olhos secaram. Logo cansei, mas o professor continuava admirando-as sem cessar.

— Professor, não sente calor? — perguntei, e ele meneou negativamente a cabeça.

Onde estamos?, me perguntei. Estava bebendo saquê com o professor. Não lembrava o número de frascos vazios que contara.

— São amêijoas — balbuciou ele, transferindo o olhar da linha do horizonte para a marisma. Nela muitas pessoas coletavam mariscos.

— Apesar de fora da época, seria ainda possível pegá-los por estas bandas? — continuou ele.

— Professor, que lugar é este? — perguntei.

— Acabamos voltando, não? — foi sua resposta.

Voltamos?, redargui. Sim, de novo aqui, ele disse. É um lugar onde às vezes acabamos vindo.

— Prefiro vieiras a amêijoas — continuou animado o professor, aparentemente para impedir que eu perguntasse que lugar era aquele para onde às vezes acabávamos vindo.

— Gosto de amêijoas — retruquei, seduzida por sua energia. Aves marinhas voavam ruidosas em círculos. Ele colocou com todo o cuidado seu frasco de saquê sobre uma rocha. Ainda estava pela metade.

— Tsukiko, se quiser, fique à vontade para beber meu saquê. — Ao ouvi-lo olhei para minha mão e sabe-se lá desde quando eu segurava um frasco de saquê. Estava praticamente vazio.

— Quando acabar, posso usar esse copo como cinzeiro? — pediu ele, e apressei-me a beber o saquê restante.

— Desculpe o incômodo. — O professor deixou cair dentro dele a cinza do cigarro que fumava. Nuvens delgadas pairavam no céu. Por vezes, a voz de crianças proveniente da marisma ecoava. Elas diziam ter encontrado um marisco enorme ao cavar.

— Onde estamos?

— Para ser sincero, não sei ao certo — respondeu o professor, com os olhos direcionados ao alto-mar.

— Nós saímos do bar de Satoru?

— Provavelmente não.

— Quê?

Fiquei admirada por minha voz ter soado extremamente alta. O professor contemplava o alto-mar. O vento estava úmido. Sentia-se na brisa o cheiro do mar.

— Por vezes acabo vindo aqui, mas é a primeira vez acompanhado. — O professor entrecerrou os olhos. — Talvez esteja apenas convencido de que já tenhamos vindo juntos.

Os raios do sol estavam fortes. As aves marinhas voavam ruidosamente. O som podia ser ouvido como um "vem, vem". Sem perceber, segurava com força um frasco de saquê. Estava cheio. Eu o esvaziei de um só gole, mas não me embriaguei. Afinal, é esse tipo de lugar. O professor falava para sim mesmo.

— Diga — falou o professor, e, enquanto eu olhava seu perfil, começou a escurecer.

— O que houve? — perguntei. Sua fisionomia se entristeceu.

— Vou voltar, garanto a você — disse e foi se esvaindo docemente. A fumaça de seu cigarro também desapareceu. Caminhei alguns metros em todas as direções, mas ele não estava. Procurei na sombra do rochedo, mas tampouco o encontrei. Desisti, sentei-me sobre a rocha e bebi de um gole o saquê. Bastou colocar o frasco vazio sobre a rocha e desviar os olhos por um segundo, para ele se esvair por completo. Da mesma forma que o professor desaparecera. Certamente é esse tipo de lugar. Continuei a contemplar o alto-mar, bebendo copo após copo do saquê que me surgia nas mãos.

Conforme prometido, o professor logo reapareceu.

— Quantas já bebeu? — perguntou ele, surgindo por trás de mim.

— Perdi a conta. — Estava levemente bêbada. Por mais que aquele lugar fosse daquele jeito, qualquer um que bebesse tanto se embebedaria.

— Viu, eu voltei — declarou o professor com aspereza.

— O senhor tinha voltado para o bar de Satoru? — perguntei, e ele meneou negativamente a cabeça.

— Parece que retornei para casa.

— É mesmo? Foi rápido então.

— Pode não parecer, mas os ébrios têm o instinto bem desenvolvido de voltar para seu ninho — afirmou o professor em um tom solene. Eu ri e acabei deixando escorrer sobre o rochedo o conteúdo do copo de saquê.

— Dê-me o frasco vazio, por favor. — Como pouco antes, o professor segurava um cigarro. Apesar de raramente fumar em bares, sempre o faz quando vem a este lugar. Deixou cair no frasco a cinza até então prestes a tombar.

A maioria das pessoas sobre a marisma portava boné. Com a cabeça coberta, todos cavavam agachados à procura de mariscos. Uma sombra curta se produzia a partir dos quadris de cada pessoa. Todos cavavam virados para a mesma direção.

— O que eles acham de tão interessante? — perguntou o professor, amassando delicadamente o cigarro na borda do frasco para apagá-lo.

— Como assim?

— Em cavoucar à procura de mariscos.

Subitamente, o professor começou a plantar bananeira no rochedo. Como a rocha era inclinada, seu corpo se curvava. Oscilou por um momento, mas logo se imobilizou.

— Não seria para comê-los no jantar? — repliquei.

— Para comer? — A voz dele subiu de onde deveriam estar seus pés.

— Pode ser também que eles os criem.

— Criar amêijoas?

— Antigamente eu criava caracóis.

— Criar caracóis não é nada extraordinário.

— Dá no mesmo, também é marisco.

— Tsukiko, desde quando caracóis são mariscos?
— É, são diferentes.

O professor continuava de ponta-cabeça. Já não me impressionava mais. Afinal, tudo é por causa deste local. Lembrei-me de algo. A esposa do professor. Eu não a conheci pessoalmente, mas lembro-me dela quando me ponho no lugar dele.

A esposa costumava fazer truques de ilusionismo. Ela aprendera seriamente e era capaz de realizar desde prestidigitações básicas, como fazer bolas vermelhas girarem entre os dedos da mão, até grandes números mais elaborados com uso de animais. Mas não era para exibir-se em público. Apenas se exercitava sozinha em casa. Por vezes, mostrava algum número que aprendera ao professor, mas isso era algo raro de acontecer. Embora estivesse ciente de que ela se exercitava com afinco durante o dia, não imaginava a que nível chegara. Também sabia que ela criava coelhos e pombos em gaiolas, mas esses animais destinados aos atos de ilusionismo eram pouco ativos e bem menores do que o usual. Mesmo criados em casa, sua presença era logo esquecida.

Certo dia que o professor se afastou da escola em função de um compromisso, deparou com uma sósia de sua esposa quando caminhava pela rua comercial. Porém, o porte e os trajes diferiam dos de sua mulher. A mulher vestia um vestido berrante que lhe deixava os ombros expostos. Estava de braços dados com um homem de bigode, aparentemente não muito sério e vestindo um terno distinto. Apesar de seus caprichos, a esposa do professor não era do tipo que apreciasse se fazer notar pelas pessoas. Sendo assim, era impossível que aquela fosse sua esposa e, decidindo que seria alguém semelhante, desviou o olhar dela.

A sósia e o homem de bigodes se aproximavam cada vez mais. De início, o professor redirecionou o olhar, mas acabou olhando novamente para os dois como atraído por um imã. A mulher sorriu. Seu riso era exatamente igual ao da esposa. Enquanto ria, tirou do bolso um pombo. De um gesto, fez a ave pousar no ombro do professor. Em seguida, tirou do vestido, na altura do peito, um pequeno coelho, que colocou no ombro contrário. O animal permanecia imóvel como um bibelô. O professor também estava petrificado. Por último, a mulher puxou de dentro da saia um macaco e o colocou nas costas dele.

— O que me diz disso, querido? — perguntou ela radiante.

— Então é mesmo você, Sumiyo?

Em vez de responder, ela ralhou com o pombo que batia as asas. O pássaro logo se acalmou. A mulher e o homem de bigodes estavam de mãos bem dadas. O professor colocou no chão o coelho e o pombo, mas teve dificuldades para se livrar do macaco grudado a suas costas. O homem abraçou a mulher, passou um braço por seu ombro e assim seguiram caminho. Foram deixando para trás o professor em apuros com o símio.

— Sua esposa se chamava então Sumiyo? — perguntei, e o professor assentiu com a cabeça.

— Ela era uma mulher realmente diferente.

— Ah...

— Há uns quinze anos saiu de casa e desde então deve ter mudado para um lado e para outro. E ela me enviava cartões-postais. Cortesmente.

O professor parou de plantar bananeira e estava agora sentado de pernas cruzadas sobre uma rocha. Ele chamava a própria esposa de estranha, mas nesta marisma ele também age muito estranhamente.

— Há cinco anos chegou o último cartão e nele estava aposto o selo da ilha aonde fomos juntos recentemente.

O número de pessoas aumentou na marisma. Estavam de costas para nós, continuando a cavar com afinco em busca de mariscos. Ouviam-se vozes infantis. Elas alcançavam nossos ouvidos intermitentes, como se saídas de uma fita cassete frouxa sendo reproduzida.

O professor cerrou os olhos, soprando para dentro do frasco vazio de saquê a fumaça do cigarro. Se eu me lembrava tão nitidamente da esposa dele, com quem nunca me encontrei, seria normal que eu lembrasse de mim mesma, mas isso não acontecia. Ao largo, os barcos apenas se iluminavam.

— Que lugar é este afinal?

— Aparentemente é algum tipo de local intermediário.

— Intermediário?

— Talvez fosse melhor chamá-lo de fronteira.

Que fronteira seria? O professor viria com frequência a este lugar? Tomei a enésima taça cheia de saquê de um gole e contemplei a marisma. A silhueta das pessoas parecia enevoada, vaga.

— E o cão — encetou o professor, colocando a taça vazia de saquê sobre a rocha. Enquanto a olhava, ela de repente desapareceu.

— Nós criávamos um cão. Meu filho ainda era pequeno, eu acho. Um shiba. Gosto muito dessa raça. Já minha esposa preferia cães de raças mistas. Uma vez, ela ganhou de alguém um cachorro bizarro, mistura de dachshund e buldogue, que parece ter vivido bastante. Minha esposa era toda mimos com o animal. O shiba foi antes desse cão, se bem me lembro. Ele comeu algo ruim e depois de um tempo doente acabou morrendo. Meu filho entrou em desespero. Eu também me entristeci. Minha esposa, porém, não verteu nem uma lágrima. Ao contrário, parecia furiosa. Essa fúria era direcionada a mim e a meu filho que nos lamuriávamos.

Depois de enterrar o cão no jardim de casa, minha esposa de súbito consolou meu filho: "Não se preocupe, ele reencarnará. Chiro logo voltará a este mundo."

— Mas em que ele reencarnará? — perguntou o menino, com olhos inchados de chorar.

— Em mim.

Meu filho a olhava embasbacado. Até eu me espantei. O que aquela mulher estava dizendo? Era completamente ilógico. Ela não servia nem para confortar o filho.

— Mamãe, não diga essas coisas esquisitas — revidou ele, em parte encolerizado.

— Nada há de esquisito nisso. Hum — disse Sumiyo e entrou rapidamente em casa. Depois disso, vivemos dias tranquilos, mas uma semana não se passara quando durante um jantar Sumiyo começou a latir.

Sua voz parecia um *Ahn*. Chiro latia num tom agudo. A voz dela era igual à do cão. Ela deveria ser mais habilidosa do que outras pessoas, uma vez que era uma ilusionista, por isso conseguira imitar o animal com uma voz idêntica.

Pare com essa brincadeira de mau gosto, eu disse, mas ela não prestava atenção em mim. Durante todo o jantar continuou a grunhir *Ahn, Ahn*. Eu e meu filho perdemos o apetite e logo nos retiramos da mesa.

No dia seguinte, Sumiyo voltara a ser a esposa de sempre, mas meu filho não suportava. Mamãe, quero que peça desculpas. Ele a pressionou de um jeito obstinado. Ela não parecia se importar nem um pouco. Mas eu reencarnei, ora. Chiro apareceu dentro de mim. Ela dizia num tom superficial, o que deixava meu filho ainda mais irritado. No final, a conversa terminou sem que nenhum dos dois arredasse pé. A partir daí meu filho e ela começaram a viver um relacionamento tenso, e depois de se formar no ensino médio, ele entrou para uma universidade distante, indo viver em uma pensão, e terminou por conseguir um emprego nesse local. Mesmo após o nascimento de meu neto, raramente nos víamos. Eu perguntava a Sumiyo se ela não apreciava o neto ou se não o queria ver com frequência, mas ela dizia não se tratar disso, mais nada. E um belo dia, ela fugiu de casa.

— Então, que lugar é este? — Já perdera a conta de quantas vezes perguntara e como sempre não obtivera resposta.

Sumiyo odiaria a infelicidade? Odiaria ela a sensação de queixar-se da infelicidade?

— Professor — chamei. — O senhor amava muito sua esposa, não?

Ele me lançou um olhar penetrante e respondeu apenas Hum.

— Não sei se a amei ou não, só sei que era uma mulher caprichosa.

— Verdade?
— Egoísta, caprichosa e temperamental.
— Todas essas palavras têm no fundo o mesmo significado, não?
— Sem dúvida.

A marisma se cobriu completamente de névoa, sendo impossível de ver. Não há nada, e nesse lugar que parece construído apenas de ar estamos eu e o professor, de pé, cada qual com um frasco de saquê na mão.

— Que lugar é este?
— Aqui, é, bem, aqui é aqui.

Por vezes ouvem-se as vozes das crianças vindas de baixo. Vozes vagas e longínquas.

— Éramos jovens, tanto eu quanto Sumiyo.
— O senhor ainda é jovem.
— Não falei nesse sentido.
— Cansei de beber saquê.
— Que tal descermos até a marisma e cavarmos à procura de amêijoas?
— Não podemos comê-las cruas.
— Vamos fritá-las, acenderemos uma fogueira.
— Fritá-las?
— Dará trabalho, não?

Algo farfalhava. Era a canforeira do lado de fora da janela. Que ótima estação. Chove bastante, mas as folhas da canforeira brilham molhadas pela chuva. O professor fuma distraidamente seu cigarro.

Aqui é a fronteira. Tive a impressão de que os lábios do professor se moveram dizendo isso, mas não estou certa de que o tenha realmente pronunciado.

Desde quando começou a vir a este lugar?, perguntei, e sorrindo ele respondeu: Desde que tinha mais ou menos sua idade, Tsukiko. É um lugar aonde sempre tenho vontade de vir.

Professor, vamos voltar para o bar de Satoru. Vamos sair deste local estranho, vamos retornar logo. Chamei-o. Vamos voltar.

Porém, será possível sair de alguma forma deste lugar? Foi sua resposta.

Muitas vozes se faziam ouvir da marisma. A canforeira do lado de fora da janela farfalhava. O professor e eu segurávamos frascos de saquê e estávamos de pé atônitos. As folhas da canforeira chamavam: "vem, vem."

Os grilos

Nos últimos tempos continuo não vendo o professor.
Eu o evito desde que fomos àquele estranho lugar, ou não seria exatamente por essa razão.
Não me aproximo mais de jeito nenhum do bar de Satoru. Tampouco realizo minhas caminhadas à tardinha nos dias de descanso. Procuro não entrar na rua comercial onde há a feira de antiguidades e faço compras às pressas no grande supermercado em frente à estação. Tampouco vou aos dois sebos e às duas livrarias do bairro. Esses cuidados me parecem suficientes para não ter de cruzar com o professor. É algo bem simples.
Tão simples que desse jeito provavelmente não o veja mais para o resto da vida. Se não o encontrar mais, talvez me seja possível parar.
"Alimente-o e ele crescerá." Lembro de minha falecida tia-avó, que costumava dizer isso quando viva. Apesar de ter bastante idade, possuía uma mente muito mais aberta do que minha mãe. Depois da morte de meu tio-avô, muitos "pretendentes" apareceram, e ela vivia saindo para restaurantes, viagens ou jogos de *gateball*.
O amor se resume a isso, ela dizia.
Um amor verdadeiro é como uma planta: aduba-se, protege-se da neve, enfim, é imprescindível cuidar com todo o

carinho. Com os outros amores não precisa se preocupar, pois sem atenção apropriada acabarão fenecendo.

Minha tia-avó sempre usava esse tipo de jogo de palavras.

Se observar seu ensinamento, depois de muito tempo sem ver o professor, provavelmente serei capaz de fazer fenecer o sentimento nutrido por ele.

Por isso, ultimamente o tenho evitado.

Saindo de casa, caminhei por algum tempo ao longo da grande avenida principal e segui a partir daí pelo caminho até o bairro residencial, andando cerca de cem metros ao longo do rio até chegar próximo à casa do professor.

A casa dele não dá para o rio, mas é a terceira a partir dele. Até uns trinta anos atrás, a cada grande tufão que passava o rio facilmente transbordava, enchendo de água a parte inferior das residências. Com as enormes obras de melhorias realizadas na época do rápido crescimento econômico, o rio foi cercado por uma parede de concreto. Cavaram fundo e o alargaram.

Antes era um rio de curso rápido. A água fluía velozmente a ponto de ser impossível discernir se era límpida ou opaca. Talvez devido ao convite desse fluxo a uma descontração do espírito, por vezes pessoas tentavam se suicidar lançando-se às águas. Contam que na maioria dos casos não conseguiam afundar e acabavam sendo salvas na jusante, sem atingir seu intento.

Nos dias de descanso, sem necessariamente com o objetivo de encontrar o professor, era um hábito meu perambular ao longo do rio em direção à feira em frente à estação.

Todavia, desde o momento em que decidira não encontrá-lo, tornara-se impossível para mim continuar esse passeio. Não sabia mais o que fazer nos dias de descanso.

Durante um tempo, tentei tomar um trem para ver um filme ou ir até a cidade comprar roupas ou sapatos.

Porém, nada disso me aprazia. O cheiro das pipocas do cinema nos dias de descanso, o ambiente iluminado das lojas de departamento nas tardes de verão e a agitação nos caixas das grandes livrarias sob o ar condicionado, tudo era muito pesado para mim. Era como a sensação de não conseguir respirar direito.

Também procurei viajar sozinha nos finais de semana. Comprei um livro intitulado *Partindo de mãos vazias para albergues em estações de águas das redondezas* e fui "de mãos vazias" a alguns lugares.

Ao contrário de antigamente, hoje, nos albergues, ninguém parece se admirar ao ver uma mulher viajando desacompanhada. Levam-nos rapidamente a nosso quarto, mostram às pressas o local do refeitório e da sala de banhos, e com a mesma agilidade indicam o horário do check-out.

Sem alternativa, também tomei banho rapidamente, terminei logo o jantar, fiz outra toalete ligeira e permaneci sem nada para fazer. Dormi logo, no dia seguinte saí cedo do hotel e assim acabou minha viagem.

O que teria acontecido comigo, que até agora sempre vivera a vida feliz de uma mulher só?

Logo me cansei das viagens "de mãos vazias", mas também não podia caminhar à tardinha ao longo do rio, permanecendo então deitada em meu quarto refletindo.

Porém, teria minha vida sozinha até agora sido realmente "feliz"?

Feliz. Sufocante. Agradável. Doce. Amarga. Salgada. Titilante. Agastadiça. Fria. Quente. Morna.

Afinal, como teria eu vivido até agora?

De tanto pensar, acabei pegando no sono. Deitada ao comprido, minhas pálpebras logo se pesaram.

Apoiei-me sobre uma almofada dobrada em duas e acabei me entregando totalmente ao sono. A brisa morna atravessava a porta corrediça e passava por sobre minha cabeça. Ouvia o canto das cigarras à distância.

Por que mesmo estou evitando o professor?, refleti ainda semiconsciente, em pensamentos díspares como num sonho, ainda prestes a adormecer. No sonho eu seguia por um caminho branco e empoeirado. Onde estaria o professor? Eu procurava por ele, continuando a andar pelo caminho, acompanhada pelo canto agudo das cigarras.

Não conseguia encontrá-lo.

Claro, eu o guardara na caixa. Eu me lembrei.

Eu o enrolara delicadamente em uma fazenda de seda com dupla costura e o pusera naquela grande caixa de palóvnia no fundo do guarda-roupa.

Já não posso retirá-lo de lá. O guarda-roupa é muito profundo. De tão fresca a seda, o professor deseja permanecer para sempre enrolado nela. O interior da caixa é tão escuro que ele quer ficar eternamente semiadormecido dentro dela.

Avanço pelo caminho lembrando dele estendido de olhos abertos no interior da caixa. O canto agudo da cigarra recai insuportavelmente sobre minha cabeça.

Era a primeira vez que me encontrava com Kojima depois de longo tempo sem nos vermos. Ele viajara a trabalho por quase um mês. Trouxe-me de "souvenir" um quebra-nozes de metal maciço.

— Aonde você foi? — perguntei, abrindo e fechando o quebra-nozes.

— Aos Estados Unidos, por toda parte na costa oeste — respondeu.

— Por toda parte? — perguntei rindo, e ele retribuiu o sorriso.

— Em cidadezinhas que minha pequena Tsukiko jamais ouviu falar.

Fingi não ter notado que ele me chamara de pequena Tsukiko.

— Que trabalho foi fazer nessas cidades cujo nome eu desconheço?

— Bem, trabalhos de vários tipos.

Os braços dele estão bronzeados.

— Pelo visto você pegou bastante sol dos Estados Unidos — constatei, e ele assentiu com a cabeça.

— Porém, se pensarmos bem, não existe um sol dos Estados Unidos ou do Japão. O sol é um só para todos.

Eu contemplava absorta os braços de Kojima, abrindo e fechando com ruído o quebra-nozes. Encantada por suas palavras, quase me deixei invadir por ideias sentimentais. Porém, resisti.

— Sabe, eu...

— Diga.

— Passei o verão à toa.

— À toa?

— Perambulando para cá e para lá.
É para quem pode, invejo você. Kojima disse com naturalidade. Realmente, não é para qualquer um. Eu repliquei naturalmente.

O quebra-nozes reluz foscamente sob a iluminação indireta do Bar Maeda. Kojima e eu bebemos dois copos cada de conhaque com soda. Pagamos a conta e subimos a escada. De pé no último degrau, nos apertamos ligeiramente as mãos como se fôssemos dois estranhos. Depois nos beijamos superficialmente como dois desconhecidos.

— Você parece estar em outra dimensão — comentou Kojima.

— Porque passei muito tempo à toa — respondi, e ele inclinou a cabeça.

— Que história é essa, minha pequena Tsukiko?

— Não sou bem do tipo "pequena".

— Também não é bem assim — revidou ele.

— É bem assim, sim — repliquei, e ele riu.

— O verão está acabando.

— É, já está no fim.

Depois disso, novamente nos despedimos com um aperto de mão, como dois estranhos.

— Há quanto tempo, Tsukiko — disse Satoru.

Já passavam das dez horas. Era quase o horário dos últimos pedidos no bar. Há dois meses eu não dava as caras por lá.

Foi na volta da festa de despedida pela aposentadoria de um chefe. Bebi mais do que de costume. Estava me sentindo segura de mim. Dois meses se passaram e certamente não haveria mais problemas, minha mente alcoolizada me dizia.

— Faz tempo. — Minha voz era mais aguda do que o normal.

— O que vai ser? — perguntou Satoru, erguendo a cabeça da tábua de cozinha.

— Um frasco de saquê frio. E feijão-soja na vagem.

Ok, Satoru respondeu e voltou a abaixar o rosto em direção à tábua de cozinha.

Não havia clientes no balcão. Nas mesas, apenas dois casais conversavam tranquilamente.

Bebi em pequenos goles o saquê frio. Satoru estava calado. O rádio transmitia o resultado de uma partida de beisebol.

— O Giants virou a mesa — balbuciou ele. Parecia falar consigo mesmo. Olhei em volta. Alguns guarda-chuvas, talvez esquecidos pelos clientes, estavam postos dentro de um guarda-chuveiro. Nos últimos dias não chovera nem uma gota.

Cri, cri. De meus pés subiu esse som. Imaginei que viesse da transmissão de beisebol, mas aparentemente era um inseto. Após o *cri, cri* continuar por algum tempo, cessou. Quando pensei que havia acabado, voltou a soar.

"Tem um inseto...", eu disse, quando Satoru me estendeu o prato com as vagens de soja ainda esfumaçantes.

— Deve ser um grilo. Está por aí desde manhã — explicou ele.

— Em algum lugar dentro do bar?

— Provavelmente dentro de um cano de água. Parece ter um inseto.

Como querendo se ajustar à voz de Satoru, o grilo emitiu um *cri, cri*.

— O professor queixou-se de ter pegado um resfriado. Será que está bem?

— Quê?

— Na semana passada, ele veio bem no início da noite e estava com uma tosse de cão. Depois disso desapareceu — explicou enquanto batia com o facão, cortando algo sobre a tábua de cozinha.

— Não veio nem uma vez? — perguntei. Minha voz estava desagradavelmente alta. Era como se eu ouvisse outra pessoa falando.

— Nem uma vez.

O grilo cantou novamente. Eu escutava os batimentos de meu coração. Ouvia atentamente o som do sangue percorrendo o interior de meu corpo. Os batimentos aumentavam gradualmente.

— Tomara que esteja bem. — Satoru olhou de relance para meu rosto. Eu não respondi nada, permanecia calada.

O grilo cantou mais uma vez. Depois disso, parou. As batidas de meu coração não se acalmavam. Ressoavam fortes por todo meu corpo.

Satoru não parava de bater o facão sobre a tábua. O grilo começou a cantar novamente.

Hesitei ao bater na porta.

Decidi após dez minutos vagueando em frente ao portão da casa do professor.

Queria apertar a campainha, mas meu dedo parecia ter congelado. Depois, pensei em dar a volta pelo jardim e olhar da varanda, mas a porta corrediça estava firmemente levantada.

Tentei perceber algum sinal do outro lado da porta, mas não havia nenhum ruído, por menor que fosse. Fui até a parte de trás e, como havia uma luz fraca na cozinha, me acalmei um pouco.

Chamei pelo professor pela porta da frente, mas logicamente sem resposta. Como poderia, se ele não pode falar alto?

Repeti algumas vezes "professor", mas minha voz foi absorvida pela escuridão da noite. Por isso, bati com cautela na porta.

Ouvi som de passos no corredor.

— Quem é? — Uma voz. Rouca.

— Sou eu.

— Eu? Desse jeito não vou saber que é você, Tsukiko.

Enquanto trocávamos palavras, a porta se abriu rangendo. O professor estava de pé, vestindo uma camiseta onde se lia I ♥ NY sobre a calça listrada do pijama.

— Que houve? — me perguntou com serenidade.

— É que...

— Não fica bem para uma donzela visitar um cavalheiro a essa hora da noite.

Era o professor de sempre. Ao ver seu rosto, as forças se esvaíram de meus joelhos.

— O que está dizendo? Quando está bêbado o senhor é o primeiro a me convidar.

— Pois saiba que hoje não estou nem um pouco bêbado.

Ele falava como se houvesse estado comigo até alguns momentos atrás. Senti como se os dois meses passados sem nos ver não houvessem realmente existido.

— Satoru comentou que o senhor estava doente...
— Peguei um resfriado, mas estou muito bem agora.
— Por que usa essa camiseta estranha?
— É uma das antigas de meu neto.

O professor e eu nos olhamos bem dentro dos olhos. Sua barba está crescida. Está maltratada e tem cabelos brancos.

— Falando nisso, faz tempo que não nos vemos, Tsukiko.

O professor entrecerrou os olhos. Como ele não desviou o olhar, eu também mantive firme o meu. Ele sorriu. Eu também sorri meio desajeitado.

— Professor...
— Diga, Tsukiko.
— O senhor está realmente bem?
— Você por acaso imaginou que eu teria morrido?
— Sim, pensei, um pouco.

O professor gargalhou. Eu também ri. Porém, o riso se apagou naturalmente. Professor, não use a palavra morte. Tive vontade de dizer. Mas, Tsukiko, as pessoas morrem. Ainda mais na minha idade, a probabilidade de morrer é extremamente mais elevada do que a de acontecer com você. Essa é a lógica da vida. Certamente era o que o professor diria.

A morte está sempre nos rondando.

Entre um momento, o professor sugeriu. Que tal uma xícara de chá? Disse isso e caminhou em direção aos fundos. Havia também a inscrição I ♥ NY estampada nas costas de sua camiseta. *I love New York.* Lendo-a, tirei os sapatos e entrei.

Ignorava que o senhor usava pijamas. Pensei que dormisse de *nemaki*. Caminhei atrás do professor balbuciando. Ele se voltou em minha direção. Tsukiko, peço-lhe que não critique meu estilo de vestimentas. Sim, eu disse em voz miúda e ele concluiu com um Ok.

O interior da casa estava úmido e um futon estava estirado no quarto de oito tatames do fundo. O professor preparou o chá lentamente e o serviu com vagar. Gastei um bom tempo para beber uma xícara de chá.

Diversas vezes comecei a falar, mas logo me calei. Diga, o professor replicava cada vez. Depois de cada réplica dele, eu não conseguia falar nada, mas mesmo assim tentava recomeçar com um "Professor...", sem poder continuar.

Depois de terminar de beber o chá, anunciei que estava indo embora.

— Melhoras — disse cortesmente no vestíbulo, fazendo uma vênia.

— Tsukiko — foi a vez do professor dizer.

— Sim. — Ergui o rosto e o olhei fixamente. Seu rosto estava chupado, seus cabelos desgrenhados. Apenas seus olhos brilhavam.

— Tome cuidado no caminho de volta — recomendou ele, quebrando o silêncio momentâneo.

— Não se preocupe — redargui e bati no peito, demonstrando confiança.

Impedi que ele me acompanhasse ao portão, fechando a porta de entrada. No céu havia uma meia-lua. No jardim, dezenas de insetos cantavam *ri ri tchi tchi*.

Não entendo bem.

Balbuciei, enquanto deixava para trás a casa do professor. Pouco importa. Seja amor ou o que for. Tanto faz.

Realmente já me era indiferente. O importante é que o professor estava bem de saúde. Isso bastava. Desisto de esperar algo dele. Pensando nisso, caminhei ao longo do rio.

O rio fluía. Corria calmamente em direção ao mar. Será que o professor estaria agora dentro do futon vestindo a camiseta e as calças do pijama? Teria fechado bem a porta? Teria apagado a luz da cozinha? Teria verificado se o gás estava fechado?

Em vez de suspirar, disse em voz baixa: "professor."

Professor.

Do rio ascendia o ar noturno outonal. Até amanhã, professor. A camiseta com o I ♥ NY lhe caiu muito bem. Quando estiver completamente curado da gripe, vamos beber. Já é outono, beberemos no bar de Satoru e comeremos alguns pratos quentes de acompanhamento.

Virada em direção ao professor, agora em um lugar afastado a centenas de metros, eu continuava a conversar com ele. Caminhava lentamente ao longo do rio e era como se falasse com a lua, e continuava conversando sem parar.

No parque

Fui convidada para um encontro. O professor me convidou.

Sinto-me envergonhada de usar a palavra encontro, até porque saímos os dois em viagem como amigos (embora eu não me acostumasse muito, logicamente, com essa ideia de "amigos"), e pelo fato de se tratar aparentemente de uma ida a um museu para ver uma exposição de trabalhos de caligrafia antigos, algo como as viagens escolares da época de estudante; mas, de qualquer forma, um encontro é um encontro. O melhor de tudo é ter sido ele quem propôs: "Tsukiko, vamos marcar um encontro."

Não foi consequência do entusismo da bebida no bar de Satoru. Tampouco foi uma proposta casual quando nos cruzamos por acaso na rua. E nem foi por ter ele ganhado dois ingressos grátis. Ele expressamente me telefonou (para minha surpresa, ele sabia meu número de telefone) e sem rodeios disse: "Vamos marcar um encontro." A voz do professor na ligação soou mais doce do que de costume. Seria porque o som do aparelho estava um pouco baixo?

Combinamos de nos encontrar no início da tarde de sábado. Não foi próximo à estação da redondeza. Foram necessárias duas baldeações, pois marcamos em frente à estação do museu. O professor aparentemente tinha outro compromisso pela manhã e iria diretamente de lá para a estação do museu.

— Aquela estação é muito grande. Fico preocupado que você possa se perder dentro dela — riu o professor do outro lado da linha.

— Não vou me perder. Não estou mais nessa idade — respondi e, sem saber como continuar, me calei. Apesar de me sentir muito à vontade quando, por exemplo, converso com Kojima ao telefone (e as ligações, no caso dele, são mais frequentes que os encontros), os telefonemas do professor provocam o enrijecimento de meu corpo. Apesar do silêncio em nossas conversas quando contemplamos os movimentos de Satoru, sentados um ao lado do outro no bar, posso esperar tranquilamente o reinício da conversa. Porém, quando se trata de telefonemas, o silêncio acaba tornando-se puro silêncio.

Bem. Sim. Quer dizer. Emito esses sons ao falar com ele ao telefone. A voz aos poucos diminui e, apesar de feliz por estarmos conversando, penso o tempo todo em como seria bom que a ligação acabasse logo.

— Então, Tsukiko, espero ansioso por nosso encontro — concluiu ele. Sim. Respondi com voz indistinta. Sábado, uma e meia, na catraca da estação. Seja pontual. Sem cancelamentos, mesmo que chova. Então, até sábado. Tchau.

Quando a ligação terminou, eu me sentei pesadamente no chão. Ouvi o som débil de ocupado do aparelho em minha mão. Permaneci nessa posição por algum tempo.

NO PARQUE

Fazia bom tempo no sábado. Era um dia quente, raro no outono, que me fazia sentir calor com minha camisa de mangas compridas um pouco grossa. Depois da experiência ruim de nossa viagem recente, decidi não usar vestidos ou sapatos de salto alto, aos quais não estou acostumada. Vesti uma calça de algodão com uma blusa de mangas compridas. Calcei mocassins. Pressenti que o professor me diria que eu estava parecendo um homem, mas não me importei.

Parei de me preocupar com as intenções do professor. Sem aproximações. Sem afastamentos. Cavalheiresco. Feminino. Um relacionamento superficial. Decidi que seria assim. Sóbrio, longo, sem exigências. Por mais que tente me aproximar dele, ele não me dá chance. Parece existir entre nós um muro de ar. À primeira vista tão leve a ponto de não se poder segurá-lo e, quando contraído, acaba repelindo tudo. Um muro de ar.

É um belo dia. Estorninhos se alinhavam uns contra os outros sobre os fios elétricos. Pensava que eles se reunissem ao crepúsculo, mas, apesar de ainda ser dia claro, havia muitos deles por toda a fiação. Pareciam conversar entre eles provavelmente numa linguagem de pássaros.

— São barulhentos. — De repente ouvi uma voz: era o professor. Vestia um paletó marrom escuro. Uma camisa de algodão bege sem estampas. Calças marrom claro. Ele se veste sempre com elegância. Jamais põe gravatas do tipo de cordão.

— Parecem felizes — disse, e o professor por um momento contemplou o bando de estorninhos. Depois disso, olhou para mim e sorriu.

— Vamos então? — propôs ele. Sim. Respondi olhando para baixo. Apesar de serem palavras simples ditas em sua voz costumeira, senti uma estranha emoção.

O professor comprou os ingressos. Queria lhe dar o dinheiro, mas ele se recusou a aceitá-lo, meneando a cabeça. Não se preocupe, o convite partiu de mim. Disse, me obrigando a guardar o dinheiro.

Entramos na fila para ter acesso ao museu. Dentro estava mais cheio do que eu imaginava. Admirei-me que tantas pessoas aparentemente se interessassem pela caligrafia das eras Heian ou Kamakura, cuja leitura era absolutamente impossível. O professor contemplava fixamente dentro das vitrines de exposição as caligrafias em rolos de cartas ou painéis para pendurar em paredes.

— Tsukiko, eis aqui uma carta bem graciosa — disse ele, apontando para um lugar onde estava colocado algo parecido com uma carta escrita com letras fluidas em tinta preta pálida. Não consegui ler nada.

— O senhor é capaz de ler isso?

— Para ser sincero, não consigo ler bem — respondeu ele rindo. — Mas é realmente uma caligrafia primorosa.

— É?

— Tsukiko, se você vir um homem bonito, mesmo que não fale com ele, certamente pensará "que homem maravilhoso". O mesmo acontece com a caligrafia.

Ah, eu assenti com a cabeça. Sendo assim, será que quando o professor vê uma mulher bonita, também pensa "que mulher maravilhosa"?

Depois de vermos a exposição especial no andar superior, retornamos ao térreo para ver a exposição permanente, e com isso duas horas se passaram. As caligrafias eram para mim incompreensíveis, mas conforme ouvia o professor balbuciar "que caligrafia maravilhosa", "essas letras são um pouco comuns" ou "esta caligrafia poderia ser chamada de vigorosa", aos poucos comecei a me interessar. Divertia-me com as impressões que eu emitia à revelia sobre as caligrafias das eras Heian ou Kamakura, da mesma forma que faria a avaliação secreta dos transeuntes de uma rua, sentada em um café da cidade: "tem boa aparência", "não me meteria com esse" ou "tem o jeito de alguém com quem me relacionei no passado". Sentamos eu e o professor em um sofá posto no patamar de dois lances de escada. Diversas pessoas passavam diante de nossos olhos. Tsukiko, não se sente entediada? O professor me perguntou. Não, acho muito divertido. Respondi olhando a cintura das pessoas que passavam. Calor é transmitido do corpo do professor. Emocionei-me novamente. O sofá duro com suas molas ruins me parecia o mais agradável do mundo. Estava feliz de estar assim com ele. Simplesmente, me sentia contente.

— Tsukiko, aconteceu algo? — perguntou o professor, perscrutando meu rosto.

Eu caminhava ao lado dele, balbuciando repetidas vezes para mim mesma: "proibido terminantemente criar expectativas." Eu imitava as palavras do jovem protagonista de *A sala de aula voadora*, livro que li quando pequena, quando repetia "proibido terminantemente chorar".

Era provavelmente a primeira vez que eu caminhava tão perto do professor. Em geral, ou o professor ia mais à frente ou eu apressava o passo.

Quando alguém vinha em nossa direção, nós nos afastávamos, um para a direita, outro para a esquerda, abrindo um espaço de passagem entre nós. Depois de a pessoa passar, voltávamos a ficar próximos, lado a lado.

— Tsukiko, não vá para esse lado, venha para perto de mim — pediu o professor pela enésima vez, quando alguém veio em nossa direção. Mesmo assim, eu me afastei dele e fui "para esse lado". Não conseguia reduzir a distância entre nós.

— Pare de se balançar como um pêndulo.

Por fim, o professor segurou meu braço quando eu pensava em ir "para esse lado". Ele me puxou. Não com muita força, mas como eu desejava me afastar dele, sentia como se realmente ele me puxasse em sua direção.

— Vamos caminhar lado a lado — propôs sem largar meu braço. Sim, respondi baixando a cabeça. Estava mil vezes mais tensa do que em meu primeiro encontro com um homem. O professor caminhava segurando-me pelo braço. Algumas folhas das árvores ao longo da rua começavam a se tingir da coloração outonal. Caminhei ao lado do professor sentindo como se eu estivesse sendo levada presa.

O museu estava situado no interior de um enorme parque. À esquerda havia o museu e à direita o jardim zoológico. O sol tardio se refletia na parte superior do corpo do professor. Crianças lançavam pipocas pelo chão. No mesmo instante em que as jogavam, dezenas de pombos se aglomeravam. As crianças gritavam de espanto. Os pombos voavam ao redor delas, desejosos de bicar as pipocas em suas mãos. Imóveis, de pé, as crianças choramingavam.

— São pombos bem atrevidos — comentou o professor descontraidamente. — Vamos nos sentar aqui? — Dizendo isso, ele sentou em um banco. Um instante depois dele, eu também me sentei. Os raios de sol do crepúsculo também banhavam a parte superior de meu corpo.

— Será que aquele menino vai acabar chorando? — O professor inclinou para a frente o peito, demonstrando vivo interesse.

— Não creio que ele vá chorar.

— Nunca se sabe. Há muitos meninos chorões.

— Não seria o contrário?

— Não, os meninos são muito mais covardes do que as meninas.

— O professor também era covarde quando pequeno?

— Mesmo agora sou bastante.

Como o professor previra, o menino desatou a chorar. O pombo veio pousar na sua cabeça. Uma mulher, aparentemente a mãe do menino, abraçou-o rindo.

— Tsukiko... — O professor se virou de novo em minha direção. Com isso, eu não podia mais me voltar para ele. — Obrigado por ter me acompanhado até a ilha.

Ah, respondi. Não desejava muito recordar da ilha. Desde aquela época ressoava na minha cabeça a ordem "proibido terminantemente criar expectativas".

— Eu sempre fui um molenga.

— Molenga?

— Não é assim que crianças com movimentos e reações lentas são chamadas?

O professor não me parecia nem um pouco uma pessoa pachorrenta. Eu o via como um homem categórico, vivaz, de costas bem aprumadas.

— Não, talvez eu não aparente, mas sou muito lerdo.

Depois de abraçada pela mãe, a criança em cuja cabeça o pombo pousara voltou a lançar pipoca ao chão.

— Ele age como se nada tivesse acontecido.

— Crianças são assim mesmo: não aprendem.

— Realmente. E eu pareço também ter um temperamento de não me importar muito com as coisas.

Um molenga indiferente. Afinal, o que ele pretendia dizer? Ao olhar discretamente, o professor estava como sempre bem ereto observando a criança.

— Na ilha eu ainda estava hesitante.

Os pombos voltaram a se acercar da criança. A mãe ralhou com o filho. Os pombos também desejavam pousar na mãe. Ela abraçou o menino e se movimentou para sair do centro da revoada de pombos. Porém, como a criança continuava a lançar a pipoca, as aves acompanhavam mãe e filho. Parece que os dois se movimentavam arrastando atrás de si um grande tapete formado de pombos.

— Tsukiko, quanto tempo será que eu ainda viverei?

O professor perguntou subitamente. Meus olhos encontraram os dele. Ele me olhava com serenidade.

— Muito, muito tempo — gritei instintivamente. O jovem casal sentado no banco ao lado se espantou e olhou para nós. Alguns pombos se esvoaçaram.

— Certamente as coisas não serão assim.

— Mas... para sempre.

Sua mão direita segurou minha mão esquerda. A palma de sua mão seca envolveu a minha.

— Você não se satisfaria caso não fosse para sempre?

Abri a boca ligeiramente. O professor se achava molenga, mas em minha opinião eu é que era. Logo quando estávamos tendo esse tipo de conversa, minha boca, coitada, não conseguia se abrir totalmente.

A mãe e o filho desapareceram sem que eu percebesse. O sol estava prestes a se pôr. A escuridão se estendia pouco a pouco.

— Tsukiko — disse o professor, enquanto enfiava a ponta do dedo indicador da mão esquerda com rapidez dentro de minha boca entreaberta. Levei um susto e instintivamente fechei a boca. O professor retirou apressadamente o dedo antes que ficasse preso entre meus dentes.

— O que deu em sua cabeça? — gritei novamente. Ele soltou um riso débil.

— Você estava muito absorta.

— Estava refletindo seriamente sobre suas palavras.

— Perdão.

O professor me abraçou pedindo desculpas.

No momento em que fui abraçada, senti como se o tempo tivesse parado.

Professor, sussurrei. Tsukiko, ele também sussurrou.

— Professor, não me importa que o senhor morra neste exato momento. Vou suportar.

Dizendo isso, enfiei o rosto em seu peito.

— Não vou morrer neste exato momento — replicou ele, continuando a me abraçar. Sua voz estava embargada. Era a mesma voz que eu ouvia ao telefone. Uma voz embargada e doce.

— É força de expressão.

— Usou a expressão conveniente.

— Obrigada.

Abraçados, ainda trocávamos palavras polidas.

Os pombos alçavam voo um atrás do outro em direção a um local repleto de árvores densas. No céu, um bando de corvos revoava. Seus grasnidos ecoavam altos. A escuridão se acentuava aos poucos. Só se podia perceber vagamente a silhueta do jovem casal no banco vizinho.

— Tsukiko... — disse o professor, voltando à posição aprumada.

— Sim. — Eu também endireitei minhas costas.

— Sendo assim...

— Sim.

Por um momento o professor se calou. Era difícil ver o rosto dele na penumbra. O banco estava no local mais afastado da luz elétrica. O professor tossiu diversas vezes.

— Sendo assim...

— Sim.

— Poderia aceitar um relacionamento comigo tendo o namoro como premissa?

Ah, eu redargui. O que o senhor quer dizer com isso? Desde há pouco eu estava certa de que já estávamos namorando.

Deixei de lado a cerimônia e falei sem parar com eloquência. O professor já deveria saber que eu o amo há tempos. O que significava aquela estranha "premissa"?

Um corvo sobre o galho de uma árvore próxima emitiu um grasnido. Eu me espantei e por um instante dei um salto do banco. O pássaro voltou a corvejar. O professor riu. Enquanto ria, envolveu novamente a palma de minha mão na dele.

Eu me agarrei ao professor. Passei minha mão livre por sua cintura e apertei-me contra ele sentindo o aroma de seu paletó por volta de seu peito. Tinha um ligeiro odor de naftalina.

— Tsukiko, envergonho-me com você apertada contra mim desse jeito.

— Mas não foi o senhor mesmo quem me abraçou há pouco?

— Aquele foi um momento de decisão único em minha vida.

— Mas pelo jeito de me abraçar parecia estar acostumado.

— Não se esqueça de que antigamente eu era casado.

— Então não há nada de que se envergonhar por estarmos assim abraçados um contra o outro.

— É que estamos em público.

— Está escuro, ninguém pode ver.

— Claro que podem ver.

— Não podem.

Chorei um pouco com a cabeça encostada contra o peito do professor. Enfiei o rosto dentro de seu paletó, falando pausadamente para que ele não notasse que eu chorava, para que não percebesse minha voz roufenha. Ele acariciava calmamente meus cabelos.

— A premissa está bem para mim. — Continuei a falar pausadamente. — Aceitarei o relacionamento sob essa premissa. — Assenti lentamente.

— Fico feliz. Tsukiko, você é uma boa moça. — Ele também falava pausadamente. — O que acha de nosso primeiro encontro amoroso?

— Foi muito bom — eu respondi, e o professor me perguntou se eu gostaria de um novo encontro. A escuridão caía silenciosamente sobre nós. — Claro, afinal existe a premissa.

— Então, aonde iremos na próxima vez?
— À Disneylândia seria legal.
— *Desney?*
— É Disney, professor.
— Ah, Disney, não? Mas esses lugares muito cheios de gente, eu sou um pouco...
— Mas eu quero ir à Disneilândia.
— Então, vamos à *Desney.*
— Já disse que não é *Desney.*
— Tsukiko, você é muito severa.

A escuridão nos envolvia e continuávamos a falar pausadamente. Aparentemente, os corvos e pombos haviam retornado a seus ninhos. Envolvida pelos braços ressequidos e mornos do professor, tinha vontade ao mesmo tempo de rir e chorar. Porém, não chorava nem ria. Apenas me aconchegava silenciosamente nos braços dele.

Os batimentos do coração do professor eram transmitidos levemente através do paletó. Dentro da escuridão, permanecíamos os dois calmamente sentados.

A valise do professor

Entrei no bar de Satoru ainda cedo, algo raro de acontecer.

Ainda não eram cinco horas, horário de claridade de início de inverno. Resolvi voltar de meu destino direto para casa sem passar pela firma. Meu compromisso terminou antes do esperado e, se antes eu batia pernas em uma loja de departamento quando isso ocorria, me veio a vontade de ir até o bar de Satoru e de lá chamar o professor para se juntar a mim. Desde que começara o "relacionamento oficial" com o professor (conforme palavras dele próprio), as coisas aconteciam dessa forma. Em que diferia então de antes do relacionamento? Antigamente, eu vinha ter ao bar do mesmo jeito, desde ainda claro e, sem chamá-lo, bebia calma e agradavelmente, imaginando ansiosa se ele viria ou não.

A mudança não foi tão grande. Esperar ou não precisar esperar. Era essa a diferença.

— Mesmo falando assim, esperar não é algo bastante duro? — perguntou Satoru do outro lado do balcão, erguendo o rosto do prato de sashimi que preparava. Ele, que lavava a frente do bar, me avisara que ainda não havia nada preparado e me convidara a entrar, apesar de o *noren* ainda não estar erguido.

Sente-se por aí. Daqui a uma meia hora eu abro o bar. Disse isso e pôs diante de meus olhos uma garrafa de cerveja, um copo, um abridor de garrafas e um pratinho com pasta de soja. Abra você mesma a garrafa, ok? Ele disse e começou a movimentar diligentemente os facões sobre a tábua de cozinha.

— Esperar também é algo bastante agradável.
— Será mesmo?

A cerveja descia por dentro de meu corpo. Depois de alguns instantes, o caminho por ela percorrido esquentou ligeiramente.

Vou dar um telefonema, anunciei me desculpando, e tirando o celular da bolsa teclei o número do professor. Depois de hesitar um pouco se deveria ligar para sua casa ou para o celular, escolhi este último.

O som de chamada soou seis vezes até ele atender. Apesar de ter atendido, continuava em silêncio. Durante cerca de dez segundos permaneceu mudo. Ele odeia celulares e alega existir uma estranha defasagem de tempo até a chegada da voz.

— Não tenho nada contra os telefones móveis por si. É muito interessante ver alguém monologando em voz muito alta na frente das pessoas.
— Ah.
— Mas daí a me acostumar com o uso de um telefone móvel é outra história.

Tivemos essa conversa quando o aconselhei a ter um aparelho.

Antes, ele certamente recusaria de imediato ter um celular, mas eu insisti a ponto de ele perder as razões para se negar. A propósito, um rapaz com quem eu antigamente me relacionava costumava se opor de frente e não arredar pé sempre que tinhamos opiniões diferentes. O professor não era assim. Poderíamos chamar isso de gentileza? No caso dele, a gentileza parecia brotar de seu espírito de justiça. Ela não era intencionalmente direcionada a mim em particular, mas surgia da postura pedagógica de prestar atenção a minha opinião sem julgamentos preconcebidos. Era mil vezes mais agradável do que receber uma mera gentileza.

Foi uma simples descoberta. Ser tratada gentilmente sem razão era para mim desagradável. Contudo, sentia-me feliz quando era tratada com igualdade.

— É um alívio ter um celular quando acontece algo — argumentei. No mesmo instante o professor arregalou os olhos.

— Acontecer algo? — me interrogou.

— Sim, algo.

— Mas que algo poderia ser esse?

— Por exemplo, quando se está com as mãos cheias de compras, subitamente começa a chover, não há nenhum telefone público por perto, tem gente demais sob a marquise onde se refugiou e é preciso voltar logo para casa ou em outras situações semelhantes.

— Tsukiko, nesses casos eu retorno para casa debaixo de chuva mesmo.

— Talvez suas compras sejam do tipo que estragam ao pegar água. Algo como uma bomba que explode ao ser molhada.

— Eu não compro esse tipo de artefatos.

— Pode haver alguém perigoso sob a marquise.

— A probabilidade de me deparar com uma pessoa assim é igual tanto debaixo da marquise quanto no momento que estou caminhando com você, Tsukiko.

— Pode acontecer de o senhor escorregar no meio da calçada molhada.

— É você quem deve cair com frequência. Estou acostumado a fazer caminhadas em montanhas.

Tudo o que ele alegava estava correto. Calei-me e abaixei a cabeça.

— Tsukiko — retomou calmamente o professor após um momento. — Entendi. Vou usar um celular.

Jura?, repliquei. Ele acariciou minha cabeça.

— Nunca se sabe o que pode acontecer com uma pessoa de idade — respondeu.

— Mas o professor não é velho — contesto com incongruência.

— Em troca...

— O quê?

— Em troca, Tsukiko, pare de empregar a palavra celular. Diga telefone móvel. Prometa. Celular é, a meu ver, uma forma desagradável.

Assim, o professor passou a usar um telefone móvel. Às vezes, eu lhe telefonava à guisa de treinamento. No final das contas, ele me ligou uma única vez.

— Professor...

— Sim.

— Eu... bem... estou no bar de Satoru.

— Sim.

Ele só diz sim. Eu estava acostumada, mas era mais perceptível no celular.

— O senhor virá?
— Sim.
— Fico contente.
— Eu também.

Finalmente disse uma palavra que não fosse sim. Satoru estava sorridente. Ele saiu de trás do balcão e foi suspender o *noren* na porta. Passei o dedo na pasta de soja e a lambi. O aroma do *oden* sendo esquentado se espalhou por todo o interior do bar.

Uma coisa me deixava ansiosa.

Eu e o professor ainda não havíamos nos conhecido intimamente.

Eu estava impaciente da mesma forma que, por exemplo, nos inquietamos com os problemas da menopausa, sentindo-os como uma sombra chegando, ou nos preocupamos com o valor do Gama GTP do fígado por ocasião de cada exame médico. O funcionamento do corpo humano é uniforme tanto na glândula pituitária, nos órgãos internos ou no aparelho reprodutor. A idade do professor me levou a compreender isso.

Estava ansiosa, mas não me sentia insatisfeita. Não era algo imprescindível. Porém, o professor aparentemente via as coisas de outra forma.

— Tsukiko, estou um pouco apreensivo — confessou ele certa vez.

Foi quando estávamos comendo tofu cozido na casa dele. Bem no meio do dia o professor o preparara em uma panela de alumínio e bebíamos cerveja. Ele misturara bacalhau e folhas de crisântemos. O tofu cozido que eu preparo não leva nada além do tofu. Dessa forma, pessoas que não se conhecem se tornam íntimas, pensei com a mente vaga pelo saquê diurno.

— Apreensivo?

— Bem, durante muitos anos nunca tive nada com nenhuma mulher.

Ah, eu permaneci semiboquiaberta. Tomei cuidado para o professor não enfiar o dedo em minha boca. Desde que ele o fizera, preciso estar vigilante, pois ele coloca de imediato o dedo em minha boca se ela estiver semiaberta. Ele é mais brincalhão do que eu imaginava.

— Não se importe com essas coisas, não tem necessidade — me precipitei a dizer.

— Essas coisas a que você se refere seria... aquilo? — O professor tinha uma expressão séria.

— Não, não é essa coisa — respondi me ajeitando na almofada na qual eu estava sentada, e ele assentiu seriamente com a cabeça.

— Tsukiko, o contato de dois corpos é algo importante. Não obstante a idade, é de extrema relevância. — Seu tom de voz resoluto era parecido ao de quando lia para nós de cima de seu estrado os *Contos de Heike*.

— Mas ignoro se seria capaz, sinto-me sem confiança. Provavelmente, eu perderia minha autoestima se tentasse sem estar seguro de mim mesmo e acabasse falhando. Isso me apavora e me impede até mesmo de tentar. — Os *Contos de Heike* prosseguiram. — Não saberia como me desculpar perante você. — Com os *Contos de Heike* concluídos, o professor abaixou a cabeça pesadamente. Continuei sentada, também cabisbaixa.

Bem, eu posso ajudar. Vamos tentar em breve. Era o que eu gostaria de ter dito, mas a gravidade dele me impediu de colocá-lo em palavras. Professor, não se preocupe com isso, foi algo que tampouco pude dizer. Também não disse que, em vez disso, me beijar e abraçar como sempre já seria suficiente.

Como fui incapaz de falar algo, verti cerveja no copo do professor. Ele bebeu de um gole só e eu peguei um pedaço de bacalhau da panela. Havia um pedaço de crisântemo grudado no peixe, e o contraste do verde no branco era gracioso.

— Professor, olhe que lindo — disse, e ele sorriu. Depois disso, ele acariciou inúmeras vezes minha cabeça como sempre o fazia.

Marcávamos encontros em vários lugares. Encontro era uma das palavras preferidas do professor.

— Vamos nos encontrar — sugeria ele. Embora morássemos próximos, ele marcava sempre na estação de trem mais próxima do local para onde iríamos. Íamos separados até essa estação. Quando nos cruzávamos por acaso dentro do trem ao nos dirigirmos para o local combinado, o professor balbuciava: "Ora, ora, Tsukiko, que surpresa vê-la aqui."

O aquário era o local aonde íamos com mais frequência. O professor gostava de peixes.

— Quando pequeno, adorava observar um guia ilustrado de peixes — explicou.

— Que idade tinha aproximadamente?

— Devia estar na escola elementar.

Ele me mostrou, certa vez, as fotos de quando era aluno da escola elementar. Na foto desbotada em cor sépia, ele portava um chapéu de marinheiro e mantinha os olhos semicerrados como se a luz os ofuscasse.

— Que gracinha — disse, e ele assentiu com a cabeça.

— Você, Tsukiko, é sempre graciosa.

Eu e o professor paramos diante do tanque dos atuns e bonitos. Vendo os peixes nadarem todos em uma mesma direção, tive a impressão de que muito tempo antes eu e o professor estávamos também de pé da mesma forma.

— Professor — experimentei chamá-lo.

— O que foi, Tsukiko?

— Professor, eu o amo.

— Eu também amo você, Tsukiko.

Dissemos isso um ao outro com solenidade. Éramos sempre sérios. Mesmo quando brincávamos. A propósito, os atuns também são sérios. Os bonitos também são sérios. A maioria dos seres vivos é séria.

Logicamente fomos também à Disneylândia. O professor chorou um pouco ao assistir a parada noturna. Eu também chorei. Nós dois vertemos lágrimas, cada qual provavelmente pensando em algo diferente.

— As luzes noturnas são melancólicas — disse ele, assoando o nariz com um grande lenço branco.

— Pelo visto, há ocasiões em que o senhor também chora.

— É opinião corrente que as glândulas lacrimais dos idosos têm a tendência a relaxar.

— Professor, eu o amo.

Ele não respondeu. Contemplava fixamente a parada. De perfil, sob a luz, os olhos dele se mostravam encovados. Professor, eu disse, mas ele não respondeu. Professor, repeti, sem resposta. Passei meu braço sob o dele firmemente e eu também admirei fixamente Mickey, os anões e a Bela Adormecida.

— Adorei nosso encontro — declarei.
— Eu também — respondeu ele finalmente.
— Convide-me novamente, por favor.
— Claro, convido sim.
— Professor...
— Sim.
— Professor...
— Sim.
— Professor, não me deixe nunca.
— Não vou deixá-la.

A música da parada reverberava alta e os anões saltavam. Por fim, o desfile se distanciou. Eu e o professor fomos deixados em meio à escuridão. Fechando a parada, Mickey caminhava lentamente balançando os quadris. Eu e o professor nos demos as mãos na escuridão. E nossos corpos tremeram ligeiramente.

Vou contar sobre a única vez que o professor me ligou de seu telefone móvel.

Como havia barulho ao redor dele, percebi que estava falando de fora.

— Tsukiko — disse ele.
— Sim.
— Tsukiko.
— Sim.

Era o contrário do que sempre costumava acontecer. Dessa vez, era eu que não parava de dizer sim.

— Você é realmente uma boa moça, Tsukiko.

— Hein?

Disse apenas isso e de repente desligou. Na mesma hora liguei de volta, mas ele não atendeu. Cerca de duas horas mais tarde telefonei para a casa dele, e ele atendeu com voz calma.

— O que houve agora há pouco?

— Bem, é que, de repente pensei em dizer...

— De onde telefonava?

— Do lado da quitanda, em frente à estação.

— Quitanda? — repliquei. E ele respondeu que fora comprar nabo e espinafre.

Eu ri, e do outro lado da linha ele também riu.

— Tsukiko, venha agora — disse ele de súbito.

— Até sua casa?

— Sim.

Coloquei às pressas escova de dentes, pijama e loção hidratante na bolsa, e a passos rápidos me dirigi à casa do professor. Ele me recepcionou de pé no portão. De mãos dadas fomos para o cômodo de oito tatames e ele estirou um futon. Eu recobri o futon com um lençol. Preparávamos o leito como nas tarefas de uma linha de montagem.

Sem uma palavra nos deixamos cair sobre o futon. Pela primeira vez fui abraçada forte e vigorosamente por ele.

Passei essa noite na casa do professor e dormi ao lado dele. Pela manhã, ao abrir a porta corrediça, os frutos da aucuba resplandeciam sob a luminosidade matinal. Bulbuls apareceram para debicar os frutos. Seu trinado ecoava pelo jardim do professor. Lado a lado, eu e ele contemplávamos os pássaros. Você é realmente uma boa moça, Tsukiko. O professor disse. Eu o amo. Eu repliquei. Os bulbuls trinavam.

Tudo isso parece ter acontecido há muito tempo. Os dias que passei com o professor fluíram vaporosos e densos. Foram dois anos até nosso reencontro. E três anos desde que começamos o "relacionamento oficial", como ele costumava chamar. Foi apenas esse o tempo que vivemos juntos.

Faz ainda muito pouco tempo desde então.

Eu guardei comigo a valise do professor. Foi um desejo dele deixado por escrito.

O filho dele não se parecia muito com ele. Calado, executou uma vênia diante de mim em um ângulo que me fez lembrar um pouco do professor.

— Sou filho de Matsumoto Harutsuna. Sei que você cuidou de meu pai enquanto ele era vivo. — O filho abaixou a cabeça reverencialmente. Ao ouvir o nome Harutsuna, meus olhos se encheram de lágrimas. Até então eu praticamente não havia chorado. A pessoa chamada Matsumoto Harutsuna parecia desconhecida e pude chorar. Fui capaz de chorar ao me dar conta que ele partiu muito antes de eu me acostumar totalmente a ele.

A valise do professor está posta ao lado da penteadeira. Às vezes, visito o bar de Satoru. Com menos frequência do que antes. Satoru não diz nada. Está sempre ocupado, movimentando-se de um lado para outro. Por fazer calor dentro do bar, por vezes cabeceio de sono. Você deve manter a etiqueta quando estiver no bar, o professor certamente diria.

De tanto viajar, minha roupa está rota.
O frio por ela penetra.
Apesar do céu límpido desta noite
Meu coração sofre intensamente.

É o poema de Seihaku Irako que o professor certo dia me ensinou. Sozinha no quarto, procuro recitar em voz alta outros poemas diferentes dos que aprendi com ele. Depois que o senhor partiu, estudei um pouco, viu? Experimento balbuciar algo assim.

Quando pronuncio "professor", por vezes ouço uma voz vinda do teto me chamando. Por influência dele, passei a preparar o tofu cozido com bacalhau e crisântemos. Professor, um dia nos reencontraremos. Eu proponho e do teto ele me responde não haver dúvidas de que nos reencontraremos um dia.

Em noites semelhantes abro a valise do professor e espio seu interior. Dentro dela estende-se um vazio, um espaço sem absolutamente nada. É apenas um espaço melancólico se alastrando.

ESTE LIVRO FOI COMPOSTO EM GATINEAU CORPO 10,6 POR 15
E IMPRESSO SOBRE PAPEL AVENA 80 g/m² NAS OFICINAS DA
MUNDIAL GRÁFICA, SÃO PAULO – SP, EM SETEMBRO DE 2023